otelo

WILLIAM SHAKESPEARE

otelo

WILLIAM SHAKESPEARE

ADAPTAÇÃO FLÁVIA CÔRTES

ILUSTRAÇÕES RODRIGO MAFRA

elo EDITORA

Texto fixado conforme o Acordo Ortográfico da Língua Portuguesa de 1990 (Decreto Legislativo nº 54, de 1995), que entrou em vigor no Brasil em 2009.

Publisher: **Marcos Araújo**
Gerente editorial: **Cecilia Bassarani**
Editora: **Camila Saraiva**
Editora de arte: **Susana Leal**
Designers: **Giovanna Romera** e **Thais Pelaes**

Projeto gráfico: **Susana Leal** e **Giovanna Romera**
Preparação: **Richard Sanches**
Revisão: **Marina Bernard** e **Rosi Melo**

Dados Internacionais de Catalogação na Publicação (CIP)
(Câmara Brasileira do Livro, SP, Brasil)

Côrtes, Flávia
Otelo / William Shakespeare ; adaptação Flávia Côrtes ; ilustrações Rodrigo Mafra. — 1. ed. — São Paulo : Elo Editora, 2024.

ISBN 978-65-6142-002-0

1. Literatura infantojuvenil I. Shakespeare, William, 1564-1616. II. Mafra, Rodrigo. III. Título.

24-197773 CDD-028.5

Índices para catálogo sistemático:

1. Literatura infantojuvenil 028.5
2. Literatura juvenil 028.5

Cibele Maria Dias - Bibliotecária - CRB-8/9427

Elo Editora Ltda.
Rua Laguna, 404
04728-001 – São Paulo (SP) – Brasil
Telefone: (11) 4858-6606
www.eloeditora.com.br

eloeditora eloeditora eloeditora

Sumário

Literatura que dialoga com quem somos

Eu era adolescente quando me encontrei com Shakespeare pela primeira vez. Sobre a mesa da biblioteca da escola onde eu estudava, vi um livro cuja capa mostrava dois jovens enamorados. Acreditei serem o Romeu e a Julieta do título, então, li a quarta capa e descobri que encontraria naquelas páginas a história de um amor impossível.

Levei *Romeu e Julieta* para casa. Era uma adaptação em prosa, como os livros desta coleção da Elo Editora. Lembro que, a cada página vencida, eu acompanhava, com grande expectativa, a história de amor daqueles dois adolescentes de Verona. Bastou esse primeiro contato com a literatura produzida por William Shakespeare, dramaturgo e poeta que viveu na Inglaterra de meados do século XVI até o início do século XVII, para que eu retornasse à biblioteca de minha escola e convivesse com outras histórias e mais personagens criados pela mente genial desse autor inglês.

Há quem diga que todos os grandes conflitos humanos estão presentes nas obras de Shakespeare: amor, ciúme, desconfiança, traição, inveja, entre tantos outros sentimentos e emoções que constroem quem somos. Embora seus personagens estejam tão distantes de nosso tempo, ele ainda tem o que nos dizer, ainda nos emociona, ainda nos faz torcer para que os heróis superem suas angústias e para que os vilões sejam punidos — punição, aliás, que nem sempre encontraremos na literatura shakespeariana. Um bom livro, creio, é aquele que faz exatamente isto: propõe a reflexão sobre a vida, sobre o universo que nos cerca, extrapolando as fronteiras geográficas, culturais ou temporais.

Um clássico, como disse Italo Calvino, é um livro que nos chega cheio das impressões daqueles que o leram antes de nós. Nesse sentido, ao nos encontrarmos com um clássico, como são as tragédias e as comédias escritas por William Shakespeare, não apenas estamos realizando uma leitura individual, mas também estamos dialogando com as emoções experimentadas pelos personagens — mergulhados em seus dilemas existenciais — e pelos leitores que nos antecederam, e com nossas próprias impressões. Cada vez que releio *Romeu e Julieta*, por exemplo, embora eu conheça todas as peripécias pelas quais passaram os dois protagonistas, vibro com a história de amor adolescente e retorno ao momento de meu primeiro encontro com a literatura de Shakespeare.

Nesta coleção, os textos foram adaptados buscando uma linguagem e uma estrutura que aproximarão você, leitor, da época em que essas histórias foram escritas. Você se apaixonará pelas obras que Shakespeare criou e constatará que um bom livro é, também, um convite para que voltemos a ele, que o queiramos reler no original. E as obras de Shakespeare, para mim, chamam mais e mais leituras.

Otelo, Lady Macbeth, Katherina, Hamlet, Rei Lear, entre tantos outros personagens criados pelo autor inglês, fazem parte (e sempre farão) da minha construção como pessoa, como leitor, como escritor. Nesse sentido, ler Shakespeare é ter contato com uma literatura que dialoga com quem somos e com quem seremos.

Caio Riter
autor, mestre e doutor em
literatura brasileira

Em uma rua de Veneza

Era tarde da noite quando dois jovens surgiram na larga praça de São Marcos, saindo de uma das ruas estreitas da cidade de Veneza, no norte da Itália. O ano de 1570 chegava à metade, e os dois rapazes, embora se conhecessem havia pouco tempo, já empreendiam um esforço conjunto para solucionar o problema que afligia um deles. Com exceção de um maltrapilho deitado nas escadarias da Basílica de São Marcos, não havia mais ninguém por ali. Quem os visse caminhando, com suas vestes elegantes e porte altivo, não imaginaria o que estavam tramando. Caminhavam em direção ao grande canal, onde virariam à esquerda no palácio do duque e seguiriam até um palacete próximo. As águas tranquilas dos inúmeros canais que cortavam a cidade não suspeitavam a turbulência que estava por vir.

Rodrigo era de uma família rica de Veneza. Era um rapaz bonito e bem-humorado, mas naquela noite aparentava preocupação. Ele caminhava a passos rápidos, com a tensão tomando seu corpo por inteiro, e se manteve calado durante quase todo o percurso. Foi com a voz um pouco embargada que ele finalmente falou:

— Não consigo acreditar que você sabia disso e não me avisou, Iago. Achei que fosse meu amigo.

— Mas eu sou seu amigo! Só descobri agora. Eu juro! — Iago passou a mão no peito e riscou uma cruz imaginária. — Ele escondeu isso de mim também.

Iago apressou o passo. Seu rosto estava contraído e tinha certa expressão de vitória nos olhos.

— Ainda é difícil acreditar que isso esteja acontecendo — insistiu Rodrigo.

— Você sabe que não suporto aquele mouro, Rodrigo. Fui avisar você assim que fiquei sabendo.

— Você já me disse o quanto ele é desprezível.

— Você acredita que três pessoas de prestígio intercederam por mim? Três! Elas foram até o mouro, me recomendaram, falaram da importância de ter alguém como eu em um cargo como aquele, que eu deveria ser nomeado tenente. Mas ele não quis dar ouvidos. Teve a audácia de dizer que já tinha escolhido um tenente melhor.

— Sério?

— Muito sério. Mas eu sei bem o meu valor, Rodrigo. Eu devia ser o tenente. Não mereço cargo menor. O mouro, porém, só pensa em si mesmo. É um orgulhoso, um patife. "Eu já tenho um oficial", ele disse. Afff!

— Mas quem será que ele escolheu para tenente?

— Um tal de Cássio, da cidade de Florença. Um matemático. Dizem que não sabe nada de guerra. Sem experiência militar, acredita? Nunca esteve em batalha. Um estudioso ocupando o lugar de um guerreiro. Ele deveria voltar para a biblioteca com seus livros. E, ainda assim, foi ele quem conseguiu a posição que eu tanto merecia.

Justo eu, um soldado condecorado, com experiência em batalhas. Um homem honrado. Eu provei minha capacidade e lealdade ao mouro em Rodes, em Chipre e em tantas outras batalhas, em terras cristãs e pagãs. Agora tenho de aguentar isso calado. Ver um reles matemático se tornar tenente, enquanto eu, um soldado honrado, sou um simples suboficial do mouro.

— Que horror! — exclamou Rodrigo. — Seria melhor ser o carrasco do mouro.

— Isso seria divertido — disse Iago. — Mas não tem jeito. É a maldição dessa carreira. Quem se dá bem é aquele que conhece as pessoas certas, e não o mais experiente, o mais preparado. Agora, me diga se eu tenho como gostar desse mouro.

— Então, por que trabalha para ele? Eu nunca o serviria.

— Calma! Eu só o sirvo para alcançar meus objetivos. Nem todo mundo pode ser mestre. Nem todos os mestres terão bons seguidores. Você já deve ter visto por aí um monte de puxa-sacos, que fazem tudo por seus mestres; quando ficam velhos e já não têm mais serventia, são deixados sem nada pelos mestres, com uma mão na frente e outra atrás. Esses idiotas, honestos demais, merecem isso mesmo. Eu, que não sou bobo nem nada, me incluo naquele grupo de servidores que serve bem ao mestre, mas sempre pensando no proveito próprio, enchendo os bolsos e cuidando do futuro. Esse tipo de servidor, sim, é esperto, tem alma. E vou lhe falar uma coisa, Rodrigo, se eu fosse o mouro, não iria querer um Iago me servindo. Ao servi-lo, sirvo apenas a mim mesmo. Os Céus são testemunha: não é o dever ou a amizade que me movem, mas, sim, meus interesses. E, se meus atos demonstrassem o que passa em meu coração, eu o arrancaria do peito e o jogaria aos urubus. Pode ter certeza: não aparento o que sou. Ele não sabe com quem está se metendo.

— Chegamos — disse Rodrigo ao se encontrarem no pátio, de frente ao imponente palacete. — Hoje sua sorte muda, Iago. Bom, isso se eu conseguir ir até o fim com o que tenho a dizer.

— Pois chame o pai dela. — Os olhos de Iago cintilavam. Desperte-o, envenene seu coração com histórias sobre o mouro asqueroso que quer roubar a filha dele. E fale bem alto, para que a notícia se espalhe pelas ruas.

— Vou chamá-lo — disse Rodrigo, um pouco hesitante, na dúvida sobre estar fazendo a coisa certa.

— Pois chame com vontade — insistiu Iago. — Grite alto, como se estivesse em desespero.

O segundo andar do palacete era rodeado por espaçosas varandas, e o quarto principal dava para o pátio onde estavam os dois rapazes.

— Brabâncio! Ô Brabâncio! — Rodrigo gritou. A voz um pouco trêmula.

— Acorde, Brabâncio! Ladrões, ladrões! Cuide da sua casa, da sua filha e dos seus cofres! Ladrões, ladrões! — Iago gritava, visivelmente entusiasmado.

— O que foi? Que escândalo é esse? — Brabâncio surgiu na janela do quarto, muito assustado.

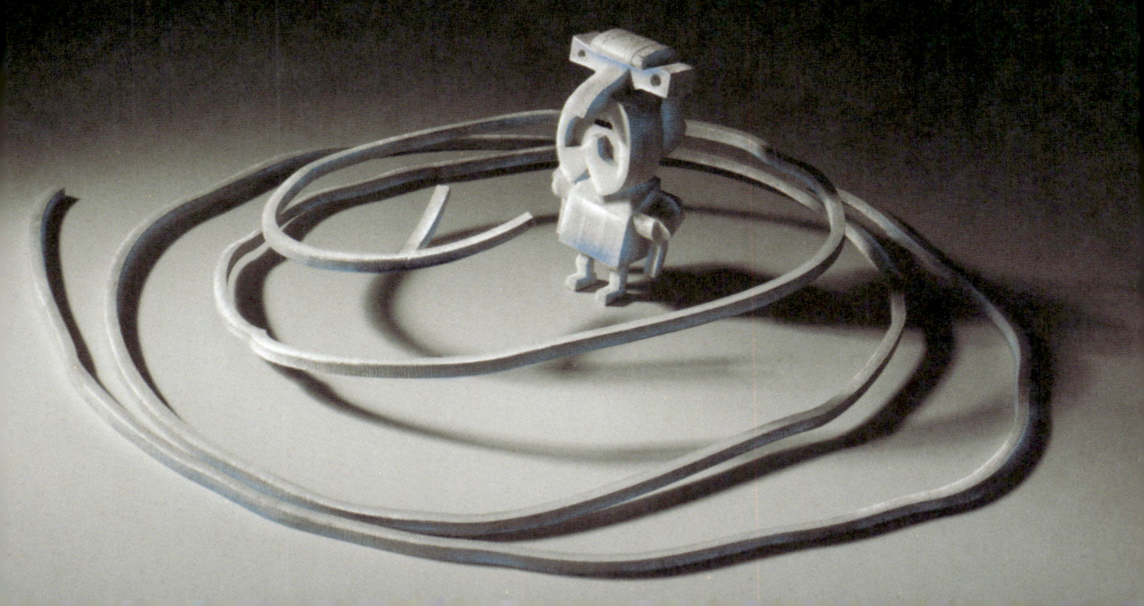

— Sabe se sua família está toda em casa? — perguntou Rodrigo.

— As portas estão trancadas? — Iago acrescentou.

— Por que perguntam isso? — Passado o susto inicial, Brabâncio estava desconfiado.

— O senhor foi roubado! — Iago disse. — Vá se vestir para enfrentar essa vergonha. Prepare seu coração, que a notícia é terrível. Um velho bode preto roubou sua ovelha branca. Vamos, toque o sino, acorde os vizinhos. Evite essa desgraça.

— Você perdeu o juízo? — Brabâncio estava muito confuso. Não fazia ideia de quem era aquele homem que lhe dizia coisas sem nexo.

— O senhor não se lembra de mim? — perguntou Rodrigo.

Brabâncio finalmente notou a presença do outro, mas parecia não o reconhecer. O rapaz, então, completou:

— Sou eu, Rodrigo.

— Pois seja muito bem-ido. Falei que eu não queria mais vê-lo por aqui. Já lhe disse que minha filha não é para você. E ainda tem coragem de vir aqui, embriagado, me acordar no meio da noite?

— Mas, senhor, eu queria avisar que...

— Sou um homem poderoso. Você vai me pagar caro por isso! — interrompeu Brabâncio. — Que história é essa de roubo? Está pensando o quê? Estamos em Veneza. Minha casa não é uma granja.

— Se estou aqui no meio da noite, Brabâncio, é porque o assunto é muito grave. É com a alma simples e pura que venho até você.

— Enquanto o senhor duvida de nós, pensando que somos bêbados — acrescentou Iago —, sua filha está nas mãos daquele cavalo selvagem. Se esperar demais, seus netos vão nascer relinchando.

— Que absurdo é esse? Quem é você para falar assim comigo?

— Sou aquele que veio lhe contar que sua filha está neste mesmo instante se jogando nos braços daquele mouro asqueroso.

— Você é um vilão! Isso sim.

— E você é um senador — Iago respondeu.

— Um senador que vai lhe mostrar do que é capaz. E não me esqueci de você, Rodrigo. Também se verá comigo.

— Senhor, responderei a qualquer coisa — Rodrigo falou em um tom respeitoso. — Mas imploro que me responda: foi com o seu consentimento, como começo a suspeitar, que sua linda filha saiu no meio da noite com Otelo, aquele mouro aproveitador, que não vale nada? Se foi, nós pedimos desculpas pelo atrevimento de incomodá-lo a esta hora. Mas se o senhor não lhe deu o consentimento, então fizemos o certo. Verifique agora mesmo se ela está no quarto. E, se estiver, que a justiça recaia sobre nós por termos inventado algo tão terrível.

Nesse momento, foi como se um balde de água fria caísse sobre a cabeça de Brabâncio e ele despertasse de uma vez. Seu pior pesadelo parecia se concretizar. Sua filha amada, tão linda, tão jovem, tão pura, poderia mesmo ter sido levada embora.

— Rápido! Acendam a luz! — ele gritou, desesperado, e correu para dentro de casa.

— Bom, já fiz a minha parte — disse Iago, colocando a mão no ombro de Rodrigo. — Não é prudente que me encontrem aqui, devido à minha posição. O Estado não pode fazer nada contra ele. Por mais que eu odeie o mouro, reconheço que ele é necessário na guerra de Chipre. Não temos ninguém mais adequado para liderar nosso exército. Vou me encontrar com ele agora. Está hospedado na estalagem do Sagitário. Dê um jeito de levar o senador Brabâncio e seus homens até lá. Agora, preciso ir.

Assim que Iago se foi, as portas do palacete se abriram, e Brabâncio surgiu rodeado por seus guardas, que carregavam tochas e armas.

— Que tristeza! Você estava certo, Rodrigo, ela não está em lugar nenhum da casa. Você sabe para onde eles foram?

Rodrigo confirmou com a cabeça. Brabâncio hesitou um pouco antes de perguntar o que mais temia ouvir:

— Você acha que fugiram para se casar?

— Creio que sim, senhor. — Rodrigo baixou a cabeça para responder, e ainda completou: — Na verdade, já estão casados.

— Traição! — gritou Brabâncio, desconsolado. — Como é que essa menina fez isso comigo? Eu a criei com tanto carinho, e ela foge assim, no meio da noite, para se casar com um desqualificado. Antes eu tivesse deixado você se casar com ela!

Rodrigo sentiu uma pontada de alegria com aquele comentário, mas já não adiantava mais. O que lhe restava era se vingar do mouro levando o senador e seus guardas armados até ele. Antes de saírem, Brabâncio ordenou aos servos que avisassem seu irmão e outros parentes para que se armassem e se unissem a ele e seus homens.

Em uma outra rua de Veneza

Iago tinha praticamente corrido até a estalagem. Sabia que precisava chegar lá antes de Brabâncio e seus homens para avisar o comandante e fazer parecer que o apoiava. O general Otelo não poderia suspeitar nem por um instante que tinha sido ele quem criara aquela situação.

Otelo era um nobre general mouro que, após provar suas grandes aptidões como comandante em situações de conflito e de guerra, havia ganhado o respeito do duque de Veneza e tinha sido escolhido por ele para comandar seu exército. Era muito respeitado e considerado uma lenda.

"Mouro" era a forma como os cristãos europeus chamavam as pessoas de religião muçulmana e pele escura que habitavam a península Ibérica entre os séculos VIII e XV. Os mouros não eram exatamente um povo, pois não constituíam uma etnia única. Inclusive, muitos cristãos europeus usavam essa denominação em tom pejorativo.

Assim que soube estar prestes a encarar de frente o novo sogro e sua ira por ter lhe roubado a filha, Otelo mandou que seus homens se organizassem, com armas e tochas em mãos, e que fossem com ele e Iago aguardar a chegada de Brabâncio e seus guardas na porta da estalagem. Não queria uma carnificina, mas precisava estar preparado para o que viesse a acontecer.

Iago quase não continha a ansiedade. Andava de um lado para outro, mergulhado em pensamentos, antevendo a alegria que teria com a possível morte de seu rival.

— Como soldado, já participei de muitas batalhas e guerras e tive de matar muitos homens nesta vida — Iago finalmente falou, procurando soar verdadeiramente atormentado. — Tenho um enorme peso na consciência por isso, mas confesso que hoje tive vontade de cometer um assassinato. Precisei me conter para não o acertar nas costelas nove ou dez vezes.

— Foi melhor que não o tenha feito — disse Otelo. — Não seria bom para nenhum de nós.

— Verdade. Mas foi difícil me conter quando ele começou a falar aquelas coisas terríveis contra a sua honra. Justo do senhor, que é tão respeitado por todos, o braço direito do duque.

— Deixe que ele venha. Será mesmo melhor que conversemos.

— Mas vocês já estão casados, não é mesmo? — perguntou Iago, recebendo um gesto de confirmação de Otelo. — Ele certamente vai exigir o divórcio e, se não conseguir, irá causar-lhe todo mal que puder.

— Que tente. O duque jamais aceitaria, depois de todo o bom serviço que prestei. Mas quero que saiba, Iago, que amo de verdade a doce Desdêmona. Do contrário, não teria feito essa loucura toda. Sei que, apesar da minha excelente posição social, o senador jamais aceitaria minha origem moura.

A conversa dos dois foi interrompida por luzes de tochas que se aproximavam. Iago ainda tentou convencer Otelo a entrar novamente, mas ele resolveu encarar de uma vez o problema e esperar por Brabâncio, que certamente vinha, com seus guardas, zelar pela honra da filha. Mas, quando o grupo de homens virou a esquina, perceberam que estavam enganados. Quem se aproximava era o tenente Cássio, seguido por alguns soldados. Otelo e Iago se surpreenderam com a rapidez com que a notícia tinha se espalhado, mas logo perceberam que o tenente estava ali por outro motivo.

O tenente parecia preocupado e também surpreso por encontrar os dois ali fora naquele horário. Os soldados que o acompanhavam aguardaram um pouco mais afastados, enquanto ele se aproximava dos dois. Tão logo prestou continência a Otelo, conforme demandava sua posição, explicou o motivo de estar ali:

— Venho por ordem do duque de Veneza, que lhe envia seus cumprimentos, general. — Otelo agradeceu com um leve gesto. — Ele solicita sua presença imediata em seu palácio.

Otelo estava intrigado. Ele se aproximou um pouco mais do tenente, em um gesto mais informal, e perguntou:

— Qual é o problema, Cássio? Pode me adiantar do que se trata?

Iago respirou fundo. Não suportava ver o laço de amizade entre os dois e não se conformava com os privilégios que Cássio havia conquistado como tenente. Aquela posição deveria ser sua.

— Acredito ser algo urgente sobre Chipre — Cássio explicou. — Vários mensageiros foram enviados esta noite de nossos navios de guerra, e muitos dos membros do conselho já estão reunidos com o duque. Como não estava em seu alojamento, enviamos vários homens para encontrá-lo.

— Felizmente me encontrou aqui. Aguarde apenas um momento, Cássio, enquanto deixo um recado lá dentro, e já irei com você.

Curioso com a estadia de seu superior em uma estalagem em vez de seu alojamento habitual, Cássio perguntou a Iago se sabia o que ele fazia ali e por que precisava avisar que iria sair. Iago respondeu em um tom misterioso:

— Ele hoje tirou a sorte grande. Ou se azarou para sempre. Em breve saberemos.

— Não estou entendendo, Iago. — Cássio já havia notado a animosidade de Iago para com ele e nutria uma má impressão do suboficial. — O que quer dizer com isso?

— Ele se casou. Não soube? — Iago se divertia em saber de algo que seu rival não sabia.

— Casou?! Como assim? Com quem?

Iago ia responder quando foi interrompido por Otelo, que retornava.

— Vamos, então, general? — perguntou Iago.

— Sim, estou pronto.

— Parece que enviaram outra tropa para lhe procurar — disse Cássio, surpreso, ao ver que outro grupo de homens se aproximava. Desta vez, não apenas com tochas acesas para iluminar o caminho, mas de armas empunhadas.

— Cuidado! — Iago avisou Otelo. — Brabâncio vem com a pior das intenções.

O grupo era grande, encabeçado pelo senador Brabâncio e por Rodrigo. Os guardas que os acompanhavam cercaram a frente da estalagem, deixando Otelo, Iago e Cássio acuados. Alguns se posicionaram atrás dos oficiais do duque, de armas apontadas para cada um deles. Estavam em maior número e sabiam estar em posição de vantagem se houvesse algum embate.

— Alto lá! — ordenou Otelo. Os oficiais do duque se perfilaram, atentos para o que acontecia. Estavam preparados para defender seu general a todo custo. — Quem são vocês e o que fazem aqui armados?

Rodrigo cochichou para Brabâncio que aquele era o mouro que tinha roubado sua filha. O senador estava com os olhos vermelhos e muito irritado, preparado para a guerra.

— Morte ao ladrão! — gritou o senador, apontando para Otelo.

— Até você, Rodrigo? — Iago fingiu surpresa ao ver o amigo e procurou parecer que se preocupava com Otelo. — Venha, senhor, irei protegê-lo.

— Baixem já essas espadas! — gritou Otelo. Ele se dirigia a todos os homens, e não apenas a seus inimigos. — Vamos conversar, senador.

— Seu sequestrador imundo, onde escondeu minha filha? Não tenho nada para conversar. Você enfeitiçou minha menina. Tão jovem, tão ingênua... Deve ter dado a ela alguma droga que impediu seus movimentos. Por isso não conseguiu fugir, pobrezinha. Só assim para uma moça como ela, tão respeitável, se sujeitar a um casamento com alguém da sua laia. Devolva minha filha agora mesmo! Guardas! Peguem ele! Você está preso! Se ele resistir, podem usar a força!

Os guardas de Brabâncio e os oficiais do duque não sabiam o que fazer. Estavam todos muito exaltados. Muitos deles se conheciam e até eram amigos, mas aparentemente estavam em lados opostos naquela noite.

— Parem agora mesmo, todos vocês — falou Otelo, com a mão levantada, e dirigindo-se aos homens dos dois lados.

Todos cessaram para ouvi-lo e pareceram se acalmar um pouco. Otelo passou a falar diretamente ao senador.

— O que tenho de fazer para que o senhor me escute?

— Entregue minha filha e renda-se! Vá com os guardas para a prisão e espere lá até que eu julgue ser a hora de conversarmos.

— Certo. Mas, se eu fizer isso, o que diremos ao duque?

— O que tem o duque?

— Acho que ele não ficaria satisfeito quando os mensageiros dele, que vieram aqui me buscar para uma reunião imediata com ele sobre assuntos urgentes do Estado, retornarem sem mim, não acha?

— Você está inventando essa história. Seu covarde!

— É verdade, senador — Cássio falou. — O duque nos enviou e está reunido agora mesmo com o conselho. Todo o Senado foi convocado.

Tenho certeza de que foi enviado um mensageiro até sua casa. Vocês devem ter se desencontrado.

— Mas por que será que o duque reuniu o conselho a esta hora da noite? — O senador coçou a cabeça, intrigado. — Enfim, sigamos para lá imediatamente. E você irá conosco. Fiquem atentos! Não tirem os olhos dele nem por um segundo — ele disse para os guardas. — Tenho certeza de que, depois de tratarmos do assunto do duque, todo o conselho me dará razão para prender este sequestrador.

Nesse instante, os homens pareceram relaxar e baixaram as espadas. Alguns suspiraram aliviados. A última coisa que queriam era entrar em conflito com alguém tão importante como Otelo. Iago e Rodrigo estavam ansiosos. Para eles, tudo deveria se resolver ali mesmo, naquele momento, mas teriam de esperar.

Pouco tempo depois, seguiam todos juntos para encontrar o duque. O Palácio Ducal não ficava longe, mas o caminho até lá pareceu durar uma eternidade. Cássio e dois homens do duque iam na frente, seguidos diretamente por Otelo, ladeado por dois de seus homens. Os guardas de Brabâncio se dividiam no meio do cortejo, enquanto o senador não tirava os olhos de Otelo, com medo de que ele tentasse uma fuga. Iago e Rodrigo seguiam mais atrás, procurando manter certa distância para não revelarem que estavam juntos naquela trama para prender Otelo.

No Palácio Ducal, residência do duque de Veneza

Na segunda metade do século XVI, Veneza era uma cidade próspera e rica, o maior centro comercial de todo o mundo e capital da República de Veneza. O governo consistia no poder vitalício e quase absoluto do Dodge, também chamado de duque — embora não fosse da nobreza —, e de seus senadores. O Senado era formado por membros representantes das mais importantes famílias aristocráticas da República. Possuidores de uma potente frota de navios, os venezianos dominavam diversos territórios e constantemente precisavam defendê-los de outras nações que, por sua vez, tentavam tirá-los das posses dos venezianos.

Com uma posição geográfica estratégica, entre a Turquia, a Síria e o Líbano, no mar Mediterrâneo, a ilha de Chipre foi muito cobiçada e disputada por diversas nações. Em 1489, a ilha havia sido anexada às terras dominadas pela República de Veneza, assim como as ilhas de Corfu, Eubea e Creta, na Grécia. Durante todo o tempo de ocupação veneziana em Chipre, o império turco-otomano tentou tomar o poder, e as duas nações viviam em guerra. Agora, em 1570, as tropas otomanas intensificavam as investidas de ataque.

No interior do Palácio Ducal, apesar do adiantado da hora, o movimento era grande, e o ambiente, de muita preocupação. Várias vozes se misturavam no ar. Os senadores já estavam em seus lugares, à imensa mesa, junto com o resto do conselho. O duque estava à cabeceira. Todos discutiam o assunto da noite e pareciam muito preocupados. Não chegavam a um consenso sobre o número de navios turcos que naquele momento navegavam rumo a Chipre. As informações ainda eram muito desencontradas e variavam entre cento e sete e duzentos.

— Ainda não temos certeza de nada — disse o duque. — Esses números divergentes são a prova disso. De qualquer forma, precisamos ter muito cuidado com a decisão que iremos tomar, porque...

Um dos guardas entrou de supetão no salão, interrompendo a fala do duque.

— Senhor! Um marinheiro trouxe mensagem urgente.

— Pois que entre — ordenou.

O marinheiro entrou em seguida.

— O capitão Ângelo manda avisar que os turcos navegam em direção à ilha de Rodes.

O burburinho foi geral. Todos os presentes tinham sua própria opinião sobre como enfrentar a armada turca. A seguir, voltaram todos a falar ao mesmo tempo, questionando qual seria o motivo de os turcos mudarem os planos e desviarem de Chipre para Rodes. Um dos senadores, um homem com uma mecha grisalha no cabelo, levantou a hipótese de eles terem espalhado falsos rumores com o intuito de os confundir.

— Eles sabem que o primeiro lugar a que pensaríamos que eles estivessem indo seria a ilha de Chipre — disse o senador de mecha grisalha sentado ao lado do duque. — Além de ser muito mais fácil invadir Chipre, que não tem defesas, e de esta ilha estar mais próxima da Turquia do que Rodes, também é o lugar com mais riquezas que lhes interessam. Querem nos fazer pensar que não iriam para lá por ser óbvio demais, mas é justamente o que acho que estão fazendo.

— Com certeza não estão a caminho de Rodes. Obrigado pelos conselhos, senhores — concluiu o duque e, voltando-se para o marinheiro que trouxera a mensagem, disse: — Obrigado, grumete, pode se retirar.

O marinheiro fez uma reverência desajeitada e saiu do salão. Outro guarda, que o acompanhara na saída, foi até o guarda do salão e cochichou em seu ouvido. O primeiro guarda deu um passo à frente e, sob o olhar curioso do duque, falou:

— Trago mais notícias, senhor. — E, ao dizer isso, deu novamente um passo atrás, virou-se para a porta e fez um gesto com a mão. Um outro mensageiro entrou apressado.

— Vossa Alteza. — Ele se curvou e cumprimentou o duque de forma desajeitada e exagerada. O duque correspondeu à reverência com um leve gesto. — Senhores — disse, cumprimentando agora os demais presentes.

— Fale de uma vez, homem! — exaltou-se um dos senadores, assustando o mensageiro, que logo se recompôs e explicou ao que vinha.

— Recebemos a informação de que os otomanos estavam se dirigindo para a ilha de Rodes com uma forte armada. Descobrimos que a intenção deles era reforçar a frota com uma parada no caminho, onde outros navios se uniram a eles.

— Pois era justamente o que eu temia — disse outro senador. — A frota é de aproximadamente quantos navios?

— Trinta. Mas agora fizeram um desvio e estão a caminho de Chipre. Foi o senhor Montano, seu mais fiel e valente servidor, além de governador de Chipre, quem envia essa importante notícia e reza para que Vossa Alteza acredite nele e tome providências imediatas.

O duque ignorou o excesso de elogios. Estava acostumado às bajulações dos subordinados e não deixava que a vaidade lhe subisse à cabeça.

— Isso confirma definitivamente que estão a caminho de Chipre — disse o duque, dispensando o marinheiro com um gesto. O homem saiu de costas, em meio a mais uma série de reverências exageradas.

O duque e os senadores presentes retomaram a discussão sobre quais atitudes tomar para evitar o ataque dos otomanos. E, se fosse inevitável, quais medidas adotariam para derrotá-los, com os menores danos possíveis à ilha de Chipre e seus habitantes. A enorme mesa à qual estavam sentados estava cheia de petiscos deliciosos, e eles comiam enquanto falavam, alguns de forma mais entusiasmada que outros. Os criados continuavam servindo bebidas.

— Aí vem Brabâncio e o valente mouro — um senador que usava bengala avisou ao duque. Estavam todos tão entretidos com as conversas e comilanças que não haviam percebido a chegada deles.

Brabâncio e Otelo se mantiveram de pé, mesmo com o duque e outros senadores lhes fazendo sinal para escolherem um lugar à mesa e se sentarem com eles. Iago estava com eles, mas se mantinha alguns passos atrás. Rodrigo e os guardas que os acompanharam até ali aguardavam do lado de fora.

— Seja bem-vindo, caríssimo Otelo. Ainda bem que chegou — disse o duque, que tinha uma enorme admiração pelo general. Todos os presentes pararam de falar para ouvir a conversa entre eles. — Tenho uma incumbência urgente para você. Que vá ao encontro de nosso inimigo comum, os otomanos. — Otelo se manteve em silêncio, enquanto o duque se virava para Brabâncio e continuava a falar: — Desculpe, senador, não tinha notado sua presença.

Seja muito bem-vindo. Sentimos sua falta esta noite. Seu conselho será de grande valia.

— Perdoe-me, Vossa Alteza — respondeu Brabâncio, sem conseguir conter a ansiedade de falar sobre o verdadeiro motivo de estar ali. — Sei que o assunto para o qual fui chamado até aqui é de extrema importância, mas não foi isso que me tirou da cama esta noite. Estou com um problema particular tão grave para resolver que qualquer outra coisa se torna pequena.

— Mas que problema pode ser esse? — perguntou o duque, muito curioso.

Brabâncio, que quase não se continha mais, esbravejou, sacudindo os braços ao lado da cabeça:

— Minha filha, Vossa Alteza! Coitadinha! Minha pobre filha!

Todos os presentes se espantaram muito com o desespero daquele pai e imaginaram o pior. Otelo se mantinha firme, sem esboçar expressão alguma. Sabia que não tinha praticado nenhum ato indigno. Iago, por sua vez, estava se divertindo com a situação que criara e se continha a muito custo para não demonstrar.

— Sua filha está morta? — perguntou o duque, muito preocupado. Tanto ele quanto os outros presentes tinham imenso carinho pela moça.

— Sim, no meu coração ela está morta — respondeu Brabâncio. — Ela foi roubada de mim. Levada do sagrado lar de seu pai e de sua falecida mãe, que Deus a tenha!, por um sedutor qualquer, que certamente a enfeitiçou com alguma poderosa poção mágica. Pois uma moça tão pura, tão obediente, não faria isso com o próprio pai se estivesse em seu juízo perfeito.

Todos olhavam penalizados para Brabâncio. Imaginavam a dor que aquele pai sentia, porque muitos deles também tinham filhas. O duque sentiu o sangue ferver. Tinha tanto apreço pela moça que a considerava praticamente sua sobrinha, e não mediria esforços para punir quem a tinha feito mal.

— Pois me diga quem é esse patife que o farei pagar por esse ato cruel — disse o duque. — Não importa quem seja ele.

— Humildemente agradeço, senhor. Pois aqui está ele — respondeu o senador, apontando para Otelo. — Foi este mouro, que aqui também foi chamado para tratar dos assuntos do Estado.

O choque foi geral. Por um breve instante, houve um silêncio absoluto no salão, interrompido por um falatório desenfreado dos presentes; alguns acusavam Otelo sumariamente. Estavam todos indignados com a audácia do mouro em roubar tão linda donzela. A filha de um senador tão prestigiado e a moça mais cobiçada por todos os solteiros, tão querida por todos.

Após alguns instantes de consternação, o duque ergueu uma das mãos e nem precisou pedir silêncio. Sua autoridade era tanta que a ordem surtiu efeito imediato no local. Ele fez um gesto para que Otelo se aproximasse, ao que foi atendido, e foi com um ar muito formal que perguntou:

— O que tem a dizer sobre isso, general?

— Ele não tem de dizer nada e... — Brabâncio protestou. Ele queria impedir que Otelo tivesse direito de resposta, mas foi interrompido pelo duque, que, com um gesto da mão, mandou o senador se calar.

Otelo, que até então tinha se mantido calado, teve finalmente a palavra. Durante todo o tempo em que foi acusado por Brabâncio, manteve-se de cabeça erguida, mesmo quando outros senadores também o acusaram e lhe lançaram olhares fulminantes.

— Vossa Alteza, prezados e honoráveis senhores, em primeiro lugar, boa noite. É realmente verdade que a filha deste senhor fugiu de casa para viver comigo. Mas eu me casei legalmente com ela, como manda a moral e os bons costumes. — Fez uma breve pausa, para dar tempo de a audiência digerir a informação, e continuou: — Não falo bonito. Estou acostumado com batalhas e guerras e sou um homem rude com as palavras. Mas não sou culpado de nada disso de que o senador Brabâncio me acusa. Não usei nenhum feitiço ou poção mágica. Se Desdêmona fugiu comigo, foi por sua livre e espontânea vontade.

Brabâncio estava indignado e se continha com muito esforço. Sua vontade era de estrangular Otelo, mas sabia que, se o fizesse, sairia prejudicado. Precisava defender a própria honra e a de sua filha, mas teria de tomar cuidado com as palavras.

— Minha filha nunca foi desobediente — ele insistiu. — Uma moça exemplar, isso sim. Tão delicada que tremia de medo só de ouvir falar em guerras ou de ver um soldado. Não posso acreditar que ela se apaixonaria por alguém como ele. Certamente ele a enfeitiçou. Acreditem em mim!

Com um gesto da mão, o duque pediu silêncio. Então, pensou por um momento antes de responder:

— Para tomar qualquer decisão, preciso de provas — disse o duque.

— É verdade, Otelo? — perguntou o senador de mecha grisalha, sem conseguir se conter. — Você fez algo para enfeitiçar a moça? Diga de uma vez.

Otelo respirou fundo e encarou cada um dos presentes, reparando que o grupo se dividia em opiniões. Alguns o admiravam incondicionalmente e estavam ao seu lado. Mas outros, que tinham inveja de sua posição, torciam para que ele fosse prejudicado de alguma forma e não se importavam se a acusação era verdadeira. Só o queriam longe dali.

— Senhor, só consigo ver uma solução. — Otelo se dirigiu ao duque. — Peço encarecidamente que mande chamar minha jovem esposa para que ela mesma me defenda diante de seu pai. E, se Vossa Alteza julgar que estou mentindo, que a justiça seja feita segundo sua vontade.

O duque franziu as sobrancelhas, e sua resposta foi quase imediata:

— Tragam Desdêmona para cá.

Otelo se virou então para Iago e lhe fez um gesto com a cabeça.

— Você sabe onde encontrá-la.

Iago saiu imediatamente, e Otelo se virou para o duque:

— Se me permitir, aproveitarei o tempo para contar como nos apaixonamos e acabamos casados.

Brabâncio não gostou nem um pouco daquilo e estava prestes a protestar, quando o duque fez um sinal com a mão para que Otelo continuasse.

— Pode falar, Otelo. Conte-nos sua versão da história. — O duque estava curioso e queria saber os detalhes.

— O senador sempre me tratou com muito respeito e consideração — Otelo começou a falar. — Ele sempre me convidava para sua casa e tínhamos ótimas conversas. Falávamos de batalhas das quais participei e sobre detalhes de minha vida. Ele sempre se interessou por essas coisas, eu lhe contei tudo, desde minha infância até a vida adulta. Inclusive sobre quando enfrentei um grande inimigo e cheguei a ser vendido como escravo, e dos perigos com que lidei até me ver livre. Todas as aventuras que vivi, os lugares exóticos que conheci... sobre tudo isso falei ao senador. Desdêmona costumava ouvir partes dessas conversas e muito se interessava. Um dia, ela me disse que gostaria de ouvir mais sobre as minhas aventuras. Começamos, então, a nos corresponder. Ela adorava minhas histórias e se emocionava com as dificuldades pelas quais passei. Fomos nos aproximando cada vez mais com essas conversas e, se usei de alguma feitiçaria, foi a das minhas histórias. Mas ela mesma pode lhes contar. — Otelo silenciou novamente porque Desdêmona chegava com Iago.

A moça entrou no salão iluminando todo o ambiente com sua beleza e forte presença. Embora tivesse sido convocada no meio da noite, sem tempo suficiente para se arrumar, estava deslumbrante, chamando atenção de todos os presentes que já a admiravam havia anos. Ela usava um vestido de tafetá de mangas compridas, com pequenas pérolas bordadas, e o longo cabelo dourado estava meio preso, meio solto, em um penteado claramente feito às pressas.

— É, Brabâncio... — disse o duque. — Essas histórias conquistariam até mesmo a minha própria filha.

Mas Brabâncio não se conformava. Estava certo de que a filha tinha sido seduzida e enganada pelo mouro.

— Filha, pelo amor de Deus — ele implorou. — Não tenha medo de nada. Diga para o nobre duque a verdade, que você foi enganada por esse mouro, que você quer voltar para casa agora mesmo com seu pai.

Desdêmona olhou para o pai com carinho, mas seus olhos se voltaram imediatamente para Otelo, e o rosto dela se iluminou em um lindo sorriso. Ele a correspondeu.

— Meu querido pai, eu o respeito muito. Você me criou e me deu tudo de melhor, mas agora sou uma mulher casada. — Virando-se para o duque, ela concluiu: — Casei com meu grande amor e estou muito feliz. Não me arrependo de nada. Se tive de fugir de casa, foi porque meu pai jamais aceitaria esse casamento.

Ao concluir seu testemunho, Desdêmona foi para o lado de Otelo e lhe deu a mão.

— Minha mãe também deixou a casa do pai dela escondida para se casar com o senhor — ela disse ao pai, um tanto magoada. — Entenda, meu pai — ela concluiu, em um tom mais amoroso.

Brabâncio sentiu como se o chão se abrisse debaixo de seus pés. Não aceitava nada daquilo. Seu coração imediatamente endureceu.

— Pois que seja. A minha parte eu já fiz. Ainda bem que não tenho outros filhos, assim não corro o risco de ser apunhalado novamente desse jeito. Pode ficar com ela, mouro — ele disse, enfatizando a palavra “mouro” em tom de desprezo. — Eu não ia querer ela de volta mesmo. — E, voltando-se para o duque: — Por favor, Vossa Alteza, vamos voltar aos assuntos de Estado.

— O que não tem remédio, remediado está, senador. — O duque tentou apaziguar a situação. — Ficou claro que os dois estão apaixonados. Vamos lhes desejar felicidades e manter os sagrados laços de família.

Brabâncio não estava contente, mas tentou fingir que aceitava. Não queria dar o braço a torcer diante de tantas pessoas, dos representantes das famílias mais ricas e importantes de toda a República. Ele insistiu para que o duque voltasse a falar do problema com Chipre. O duque então seguiu adiante com o assunto mais urgente da noite:

— Os turcos estão, neste momento, a caminho de Chipre e certamente muito bem preparados para o ataque. Otelo, sinto atrapalhar sua lua de mel, mas você é quem melhor conhece a região e o mais capacitado para enfrentá-los.

Otelo não somente era o oficial mais bem capacitado para vencer os otomanos, mas também estava sempre disposto a encarar uma guerra. Contudo, o general tinha um pedido antes de partir:

— Senhor, irei para a batalha disposto a vencer os otomanos, mas peço-lhe que coloque minha esposa em local seguro enquanto eu estiver fora.

— Claro! Ela ficará na casa do pai.

— De jeito nenhum! — Brabâncio discordou imediatamente.

— Eu também não quero isso — disse Otelo.

— Muito menos eu — disse Desdêmona. — Não quero voltar a morar com meu pai. Sei que ele sofreria com a minha presença. Por favor, duque, permita que eu lhe faça um pedido.

O duque concordou com a cabeça.

— Senhor, eu me casei com Otelo por amor. Quero passar toda a minha vida ao lado dele, nos momentos de alegria e também nos de dificuldades. Eu sabia que estava me casando com um general, que ele tem muitas batalhas a liderar e que outras poderiam surgir. Eu não aguentaria ficar aqui esperando enquanto ele enfrenta uma guerra. Então, eu só lhe peço uma coisa: que me deixe acompanhá-lo.

Otelo ficou visivelmente emocionado. Ele também não queria se afastar dela nem por um segundo. Saberia como mantê-la segura. Daria sua vida para proteger a dela. E foi por pensar assim que a apoiou.

— Deixe-a vir comigo, senhor duque. Eu a protegerei com minha própria vida. Ela tem direito à escolha. Não estou falando isso por mim, pela emoção da paixão, mas, sim, para que ela seja livre para escolher seu próprio destino.

Desdêmona lhe lançou um olhar agradecido e apaixonado.

— Que seja como quiserem. Por mim tanto faz que ela fique ou o acompanhe. Mas precisamos agilizar nossas defesas. Tudo deve ser resolvido o quanto antes.

— Você deve partir esta noite, Otelo — disse o senador de bengala.

— Estarei pronto.

O duque decidiu então que descansariam um pouco e se encontrariam novamente ali mesmo às nove horas da manhã do dia seguinte. Pediu a Otelo que escolhesse um oficial de confiança para representá-lo, e Otelo sugeriu Iago, o alferes, que era seu braço direito. E a ele também conferiu a responsabilidade de zelar pela segurança de Desdêmona até que fosse a hora de ela ir encontrá-lo na guerra. Isso deveria ser feito por ele mesmo, que a escoltaria até lá.

— O alferes é homem de minha inteira confiança. Deixarei minha esposa aos seus cuidados, e ele será responsável por levá-la até mim e por tudo o que Vossa Alteza quiser me enviar.

— Que assim seja. Boa noite a todos! — Mas, antes de sair, o duque se virou para Brabâncio e completou: — Nobre senhor, seu genro é um homem digno. Ser um mouro é apenas um detalhe.

— Adeus, bravo mouro, cuide bem de Desdêmona — o senador de mecha grisalha se despediu.

— Cuidado com ela, mouro — alfinetou Brabâncio. — Se traiu o próprio pai, imagine o que não fará com você. Aguarde para ver.

Otelo ignorou o comentário do sogro. Sabia que ele estava magoado e acreditava que o tempo o faria perdoar a filha e, quem sabe, voltar a admirá-lo como amigo. Só o tempo diria. Todos se dispersaram, e Otelo se virou para Iago antes de ir embora.

— Iago, meu amigo, vou confiar a vida de minha amada Desdêmona a você. Por favor, peça à sua esposa que cuide dela e que seja sua amiga e dama de companhia.

Iago concordou com a cabeça e parecia agradecido pelo voto de confiança.

Otelo deu a mão a Desdêmona e foram embora. Tinham pouco tempo juntos até a hora da partida. Iago ia pensativo pelas ruas a caminho de casa, quando Rodrigo se aproximou e o chamou pelo nome.

— Iago!

Rodrigo estava transtornado. O desespero tomava seu semblante, seu coração. Então, disse:

— Quero morrer — ele confessou, com as mãos na cabeça. Os cabelos totalmente desalinhados.

— Não fale bobagens! — Compassivo, Iago colocou a mão no ombro do amigo. — Você só precisa descansar um pouco e esfriar a cabeça.

— A dor é grande demais, Iago. Vou me lançar ao mar Adriático para me afogar. A morte é meu único remédio. Não tenho mais motivo para viver.

— Deixe de ser tolo! Nestes meus vinte e oito anos de vida, nunca conheci um homem que soubesse se valorizar de verdade. Não seja mais um deles. Eu preferiria me transformar em um babuíno a morrer por causa de uma mulher qualquer. — Rodrigo ficou envergonhado e abaixou a cabeça.

— Não sei mais o que fazer. Não queria me sentir assim, tão apaixonado... tenho até vergonha. Mas o que fazer?

— Reaja! — Iago bateu de leve no ombro do rapaz. — Não se deixe abater desse jeito! Dê tempo ao tempo. Esse casamento é uma farsa. Não vai durar nada, você vai ver. Ela logo vai se cansar dele. Faça o seguinte: encha seus bolsos de dinheiro, mas muito dinheiro mesmo. Ela virá correndo para você.

— Não acredito nisso.

— Pode acreditar. Vou ajudá-lo. — Iago jogou o braço sobre o ombro de Rodrigo e continuou a falar, em um tom ainda mais convincente: — Sou seu amigo e odeio aquele mouro. Vamos nos unir contra ele e a vitória será nossa. Esqueça essa história de afogamento e vá arranjar dinheiro agora mesmo, pois tenho um plano. Amanhã lhe falo mais.

— Mas onde nos encontraremos pela manhã? — perguntou Rodrigo, já com outro semblante no rosto, mais aliviado, quase feliz.

— No meu alojamento. — Iago deu um leve sorriso, meio de lado, como costumava fazer quando sabia ter vencido uma discussão.

— Já sei o que fazer. Vou vender todas as minhas terras — Rodrigo disse antes de virar a esquina correndo para casa.

"Esse idiota vai encher meus bolsos de ouro", pensou Iago. "E ainda vou me vingar daquele mouro, que pensa ser melhor do que eu."

Iago quase não dormiu naquela noite. Estava tão entusiasmado com a possibilidade de prejudicar Otelo e sair vitorioso que passou todo o tempo planejando sua vingança. Sabia que Otelo tinha um bom coração, que acreditava na bondade humana, e isso facilitaria seu plano. Para ele, Otelo era tão tolo quanto Rodrigo, e ambos poderiam ser usados para que ele, Iago, alcançasse seus objetivos. Seu plano principal era ficar com a posição de Cássio, que julgava ser sua por direito. Para isso, tinha um plano cruel em mente: iria se aproveitar da amizade de Cássio com Desdêmona para convencer Otelo de que ela o traía com o tenente.

Novos mares

No principal porto marítimo da ilha de Chipre, três homens de semblante preocupado andavam de um lado para outro no pátio externo do palácio do governo. A área descoberta ficava no alto, junto à torre defensiva, e era de onde tinham uma boa vista do mar. Os dias anteriores tinham sido sacudidos por uma terrível tempestade que então se afastava, mas que havia deixado muitos estragos. Nunca se vira tempestade tão terrível por ali. O ar estava frio e úmido. O céu começava a se abrir, mas a tormenta ainda era vista a certa distância. O mar Mediterrâneo, normalmente de uma coloração de um profundo azul-turquesa, estava turbulento e acinzentado.

Montano era o governador de Chipre e havia feito um bom trabalho até então, mas estava na época de se aposentar, e Otelo deveria substituí-lo. A missão do novo governador, recebida diretamente do duque, era montar uma base de defesa na região.

Era Montano e dois de seus homens que caminhavam pelo pátio. Haviam recebido notícias de Veneza e sabiam da chegada iminente de Otelo. Aguardavam o general. Estavam preocupados com a chegada dos turcos, pois também sabiam que estes se aproximavam. Se a armada de Otelo encontrasse a dos otomanos em meio à tempestade, o governador de Chipre e seus homens não sabiam o que poderia acontecer.

Tudo estava cinzento e muito confuso. Embora se esforçassem, eles não conseguiam distinguir nada no mar. E não era possível saber se algum navio se aproximava.

— Espero que a tempestade tenha atingido as frotas turcas com vontade — um dos homens interrompeu o silêncio.

— Se eles não recuaram ou procuraram abrigo, certamente se afogaram — supôs o governador Montano.

— Senhor! Trago notícias urgentes! — disse um guarda, se aproximando do governador.

— Diga de uma vez!

— A guerra acabou. Fomos avisados de que a tempestade atingiu os turcos em cheio, e eles naufragaram. Toda a frota de navios! Uma nobre embarcação de Veneza presenciou todo o naufrágio.

— Como? Isso é mesmo verdade? — perguntou Montano, realmente surpreso.

— Sim, senhor. O navio é comandado pelo general mouro Otelo. O tenente Cássio veio na frente para avisar. Eles já estão a caminho daqui. Vim correndo a cavalo, antes deles, para avisá-lo.

Montano passaria o cargo de governador para Otelo e estava feliz com isso. Há muito queria se aposentar. A excelente reputação de Otelo o precedia, e Montano tinha orgulho de saber que sairia do cargo para ser substituído por alguém do porte do mouro.

— Ouso comentar que o tenente parecia muito preocupado com o destino do general após terem se separado em meio à violenta tempestade — disse o guarda.

— Espero sinceramente que esteja bem. Servi ao seu lado em mais de uma batalha e tenho por ele enorme consideração. É um grande comandante, um homem digno, de muito valor.

Montano apressou seus homens para que fossem recepcionar o navio de Otelo e ficou aguardando por Cássio.

— Seja bem-vindo, tenente — Montano o cumprimentou assim que Cássio chegou.

O governador ordenou que servissem comida e bebida ao recém--chegado, enquanto se inteirava das novidades levadas por Cássio.

— Estou muito preocupado com o comandante. Nós nos separamos no momento de maior fúria da tempestade. Uma forte onda afastou o meu bote e, quando olhei para trás, não pude mais avistar o navio em meio a tanto nevoeiro. Espero que ele e o resto da tripulação estejam bem. Felizmente, o piloto do navio tem muita experiência.

Com a estiagem da chuva, uma leve brisa se fez sobre a cidade, e o povo se aglomerou diante do mar. Muitos aguardavam notícias de parentes que estavam embarcados para proteger a cidade dos invasores, além das famílias dos pescadores. De repente, distinguiu-se a vela branca de um barco que começava a surgir em meio ao nevoeiro, e ouviram-se gritos vindo da praia:

— Barco à vista!

Algumas pessoas corriam de um lado a outro da enseada, ansiosos para descobrir quem se aproximava. Ainda não era possível distinguir se o barco era amigo ou inimigo, e a ansiedade era grande. Da sacada do palácio do governador, Cássio, Montano e seus homens também estavam apreensivos.

— Tenho esperança de que seja o novo governador — disse Cássio.

Conforme a névoa se dissipava, começava a se distinguir uma grande embarcação, aumentando a ansiedade de todos. De repente, ouviu-se um tiro vindo do navio. Era costume, em situações como essa, dispararem um tiro para o alto para avisar que a embarcação vinha em paz. O alívio foi geral. Montano fez sinal para que um de seus homens fosse buscar notícias.

— Guarda! Vá recepcionar em meu nome os recém-chegados e, se forem amigos, traga-os para a minha presença imediatamente.

— Rogo-lhe, senhor, que vá com o máximo de urgência. Fico na esperança de que meu nobre comandante não tenha se ferido — pediu Cássio.

O guarda fez um gesto com a cabeça para Cássio e Montano e, depois, seguiu para a praia. O governador convidou os homens para saírem da sacada e entrarem no salão, onde um copeiro se aproximava com bebidas, que foram colocadas sobre uma mesa de madeira rústica. Montano fez um gesto para que Cássio e os outros homens se servissem e se sentassem com ele. Três criadas colocavam comidas sobre a mesa e em seguida se retiraram para buscar mais. Em pouco tempo, a mesa foi coberta por uma fartura de carnes, frutas, bolos, pães e mel.

— Sente-se, tenente. É verdade que o general está casado?

Cássio, que se servia de uma bebida, parou imediatamente o que fazia e colocou a garrafa de volta na mesa.

— Sim. Ele está casado com uma moça belíssima, filha de um nobre senador. O general era homem de confiança do senador até então.

Um guarda entrou apressado, interrompendo a conversa.

— Traz notícias do barco? Quem é, afinal? — perguntou Montano.

— É um tal de Iago, alferes do general Otelo.

— Que alívio! — disse Cássio. — Chegaram mais rápido do que prevíamos. Ele enfrentou ferozmente a tempestade e ultrapassou rochas pontiagudas e bancos de areia. Tudo para manter em segurança a bela Desdêmona.

— Quem? — perguntou Montano.

— A moça de que lhe falei, a capitã do nosso grande capitão. Ela estava sob os cuidados de Iago. Seguiram-nos uma semana depois, esperando que já estivéssemos em segurança.

Cerca de meia hora depois, Desdêmona e Iago já estavam à mesa com eles. Emília, esposa de Iago, os acompanhava.

— Que alegria saber que está com saúde, grande senhora! Dou graças aos Céus!

— Obrigada, Cássio. Tem notícias do meu marido?

— Infelizmente, não. Ele ainda não chegou, mas está bem e logo estará conosco.

— Estou tão preocupada. Por que se separaram?

Cássio se preparava para responder sobre os perigos que enfrentou para ir na frente, quando se ouviram gritos vindos da praia novamente.

— Barco à vista! — E outra vez se ouviu um tiro.

Montano ordenou que alguns guardas fossem até lá saber se finalmente era Otelo quem chegava. O antigo governador os deixou à vontade no salão de refeições enquanto foi falar com seus homens de confiança. Todos já davam por certo que era o navio do general que se antevia chegando ao cais. Isso fez com que relaxassem e se ocupassem com os quitutes da farta mesa.

— Bem-vinda, senhora Emília — Cássio a cumprimentou. — Já falo com você, Iago. Sou educado e cumprimento as senhoras primeiro.

— Pode cumprimentar essa tagarela primeiro.

— Tadinha! Ela quase não fala — defendeu Desdêmona.

— Imagina se falasse, então. Quase não me deixa dormir — disse Iago.

— Pare de reclamar — protestou Emília.

— Vocês, mulheres, são tagarelas por natureza.

— Que mentira! — Desdêmona riu.

Os três brincavam entre si e ficou claro para todos que, naqueles dias de viagem, tinham ficado amigos.

— Só sabe reclamar, não me faz um elogio sequer — reclamou Emília.

— Você é linda como uma flor do campo, minha esposa — ele a elogiou, enquanto se servia de um pedaço de bolo. — Satisfeita?

Os dois sorriram.

— Eu também quero elogio — Desdêmona protestou.

Iago a olhou de cima a baixo, sorrindo.

— Difícil achar algo para elogiar — ele brincou. — Sou muito crítico.

— Viu como ele é mal-educado, Cássio? — disse Desdêmona.

— Não dá para esperar muito de um soldado, senhora.

Iago reparou que Cássio segurou a mão de Desdêmona e que se aproximou para cochichar em seu ouvido. Teve então uma ideia de como se aproveitar daquela amizade. Seria fácil fazer parecer que era outra coisa.

De repente, ouviu-se o som de uma corneta. Era o anúncio de que Otelo estava em terra firme. Em pouco tempo, ele estava reunido com a esposa e os outros.

Otelo chegou acompanhado por alguns de seus homens e correu para abraçar a esposa. Os dois se beijaram, apaixonados, ignorando os olhares de todos.

— Que alegria! — comemorou Otelo. — Se depois de cada tempestade vierem tais calmarias, que os ventos soprem até acordarem a morte! Pois já poderei morrer feliz.

— Pare de dizer bobagens, Otelo — Desdêmona reclamou.

— Digo bobagens porque estou feliz em reencontrá-la, meu amor! — Eles se beijaram novamente.

Então, Otelo se afastou um pouco de Desdêmona e se virou para Iago, dizendo:

— Trago ótimas notícias! Os turcos se afogaram.

A surpresa foi geral. Otelo explicou que a tempestade tinha sido terrível e que em todos os seus anos de experiência no mar ele nunca tinha visto nada igual. A neblina era muito forte e eles não podiam ver nada. A tripulação teve de ser muito ágil para conseguir manter o navio de pé. A tormenta sacudia toda a embarcação, e muitos dos homens passaram mal. Todos, sem exceção, acharam que não viveriam até o dia seguinte. Mas, como por milagre, a tempestade se foi e o mar se acalmou. A neblina foi se dissipando aos poucos e, para surpresa de todos, o que se viu ao redor foram destroços de outros navios. Felizmente, todos otomanos. Por toda parte se viam detritos boiando, mas nenhum sobrevivente. A frota turca havia sido totalmente destruída, e os venezianos não tinham mais com que se preocupar.

Iago aproveitou a primeira oportunidade que teve e foi falar para Rodrigo que tinha descoberto que Desdêmona estava apaixonada pelo tenente, e que Cássio ficaria de guarda naquela noite. Era a oportunidade de Cássio se livrar do rival.

Rodrigo não conseguia acreditar no que ouvia.

— Não é possível! Ela não seria tão baixa para trair o marido com o tenente dele.

— Foram esses dias todos passados no mar ao lado dele que devem ter feito o serviço — Iago justificou. — Cássio é muito mais jovem e bonito que aquele mouro com quem ela se casou. Já deve ter se cansado dele. Cássio é um aproveitador e sabe que pode conseguir tudo o que quer. É um interesseiro.

— Mas ela é tão pura — disse Rodrigo, em um fio de voz, decepcionado. — Não consigo acreditar que ela seria capaz disso.

— Se fosse mesmo pura, não teria se apaixonado pelo mouro. Não viu como ela segurou a mão de Cássio naquela hora?

— Vi, mas aquilo não foi nada demais. Ela estava sendo educada.

— Deixe de ser cego, Rodrigo. Eles estavam tão perto que dava para sentir o hálito um do outro. Não duvido que tenham se beijado muito nessa viagem, enquanto a ingênua Emília estava distraída. Aproveite que Cássio não sabe quem você é e o vigie esta noite. Procure irritá-lo de alguma forma, tirá-lo do sério.

— Como assim?

— Arrume briga, ele é fácil de irritar. Eu vou ajudá-lo. Mas agora tenho de ir tirar a bagagem do mouro do navio. Vejo você depois.

Iago acreditava mesmo que Cássio estivesse apaixonado por Desdêmona. Reconhecia que ela tinha muitos atributos e que era fácil apaixonar-se por ela. Mas realmente não tinha nada concreto contra a moça e precisava aproveitar cada mínimo detalhe para conseguir incriminá-la. Ele também tinha apreço por Desdêmona. Era impossível não gostar dela, era sempre muito gentil e amável com todas as pessoas. Embora não gostasse do mouro, sabia que ele nutria sentimentos nobres pela esposa, mas não se importava, tinha direito de se vingar. E tinha muitos motivos para isso.

O general tinha lhe roubado uma namorada algum tempo atrás, e Iago também estava magoado com Cássio pelo mesmo motivo. Desconfiava que Cássio tinha se engraçado com uma namorada sua e não o perdoara por isso. O melhor de tudo é que se livraria do tenente e ainda ficaria bem-visto pelo mouro, que certamente lhe daria o lugar de Cássio como novo tenente, posição que desde o início deveria ter sido sua.

Comemorações e intrigas

Eram cinco da tarde, e uma grande parte da população de Chipre estava reunida na praça central, ainda abalada com os acontecimentos recentes. Um arauto do palácio subiu no coreto do centro da praça. Tinha um aviso de Otelo para todos.

— Senhores e senhoras! Sua atenção, por favor! Trago a todos um recado de seu novo e excelentíssimo governador, o nobre e valente general Otelo. Ele está muito feliz com a derrota da frota turca e feliz em ver que essa alegria se estende a todos os habitantes da ilha de Chipre. Ele oferecerá nesta tarde uma grande festa de celebração e deseja que todos compareçam, com roupas alegres, para comer, beber e dançar. Estejam livres também para festejar como bem o desejarem, acendendo fogueiras e dançando. Outra notícia alegre é que a festa também será uma celebração ao recente casamento do general com a nobre senhora Desdêmona. A festa começa agora mesmo e se estenderá até as onze da noite. Divirtam-se!

O arauto desceu do coreto e abriu caminho entre a multidão, que já começava a se aglomerar para servir-se nas inúmeras bandejas de comidas e bebidas que vinham trazidas por criados do palácio.

Enquanto isso, outros criados armavam mesas e barracas em torno da praça, onde foram colocados os jarros de flores e as bandejas para decoração. Da sacada do palácio do governador era possível ver o novo governador e sua esposa sorridentes. Ao seu lado estavam o governador anterior, Cássio, Iago, Emília e outros convidados.

Já eram dez da noite quando todos se despediram e foram para seus aposentos descansar. Antes de ir, Otelo pediu a Cássio que cuidasse da guarda, a fim de evitarem excessos do povo durante os festejos.

— Iago tem orientação sobre o que fazer — disse Cássio. — Mas, ainda assim, cuidarei disso pessoalmente para ter certeza de que tudo saia conforme o planejado.

— Você fez muito bem em colocar Iago sob esse encargo, ele é muito competente e de minha total confiança. Boa noite, Cássio.

— Boa noite, senhor.

— Vamos descansar, meu amor? — Otelo pegou a mão de Desdêmona e seguiram pelo corredor que levava aos quartos.

Havia dois quartos principais no palácio, que davam passagem um para o outro por uma porta interna. Cada um tinha seu próprio aposento, e o casal se encontrava em um dos quartos quando bem entendesse. No caminho para o quarto de Otelo, passaram por Iago, mas estavam tão distraídos com risinhos e cochichos apaixonados que não o notaram.

Iago entrou sorridente no aposento em que Cássio estava.

— Está feliz, Iago? Pois mantenha esse sorriso no rosto e vamos para a vigia noturna. O general ordenou.

— Ainda falta uma hora para o término da festa, tenente. O general passou logo a ordem porque estava louco para ficar sozinho com a esposa. Vi o casal apaixonado no caminho para cá, por isso sorri.

— Eu também estou feliz por eles.

— O general tirou a sorte grande. É uma preciosidade essa moça — disse Iago, calculando com muito cuidado as palavras que usava.

— É mesmo.

— Ele é um sortudo. O que você acha dela? — Iago tentava tirar algo de Cássio para o incriminar depois.

— Que é muito refinada — ele encerrou o assunto. — Mas chega de conversa, pois temos obrigações a cumprir.

Iago percebeu que sua estratégia não estava funcionando e resolveu mudar de tática.

— Mas, antes, venha comigo, tenente, trouxe uma garrafa de vinho. E ali fora há um grupo de amigos daqui de Chipre que gostariam de brindar à saúde do mouro.

— Esta noite, não, Cássio. Sou fraco para bebidas e temos trabalho ainda.

— Ah, eles são nossos amigos. Só um copo! Eu beberei com você.

— Já tomei uma taça esta noite. É o meu limite. Por favor, não insista.

— Mas que exagero! Esta noite é para comemorar. Nossos amigos estão esperando, o que vou dizer a eles?

— Onde eles estão?

— Aqui na porta. Peço-lhe que os chame para entrar.

— De jeito nenhum. Se quer comemorar, vá. Mas esteja na guarda daqui a uma hora. — Cássio saiu da sala, aborrecido com a insistência do colega.

Iago ficou pensando que tinha achado o ponto fraco do tenente. Se conseguisse fazê-lo beber mais um copo naquela noite, quem sabe não conseguiria envolvê-lo também em alguma briga ou discussão que abalasse sua reputação? Começou então a bolar um novo plano. Sabia que Rodrigo tinha bebido bastante vinho naquela noite, bem como os demais homens que ficariam de guarda. Seria fácil arrumar uma confusão em meio a tantos bêbados.

Na hora combinada, os guardas se encontraram na saída lateral do palácio para fazer a guarda noturna. Rodrigo estava entre eles. Montano e Cássio também chegaram, seguidos por um criado que carregava uma bandeja com copos e uma jarra de vinho.

Era naquela área do pátio lateral que os trabalhadores passavam boa parte de seu tempo livre. Ali ficavam os animais e os alojamentos dos soldados. Era ali também a entrada para a copa e cozinha, e na sua saída ficavam algumas pequenas mesas redondas onde criados e soldados podiam se alimentar. Havia uma cobertura de palha sobre as mesas, apoiadas por quatro colunas grossas de madeira.

Os homens se acomodaram em volta de uma das mesas, onde foi colocada a jarra de vinho, que em pouco tempo foi esvaziada e substituída por outra.

— Vamos lá, Cássio, um copo não lhe fará mal — Montano insistiu. — Eu é que não posso passar de meio litro, pois sou um soldado — ele completou, rindo.

Iago começou a cantar uma velha canção sobre vinho.

— Uma caneca de vinho, outra caneca de vinho, elas batem e fazem tim-tim... Lá-lá-ri-lá-rá... Um soldado merece beber. Mais um pouco de vinho, rapazes!

— Que música boa, Iago! — ironizou Cássio, rindo.

— Aprendi na Inglaterra, onde de fato eles são mais beberrões. Não são fracos para bebida como os dinamarqueses, os alemães e os holandeses.

— Quer dizer que os ingleses são especialistas em beber? — O tenente se divertia.

— Sim. Enquanto os outros vomitam e passam mal, caindo de bêbados, eles se divertem. — Iago levantou o copo e gritou: — À saúde do nosso general!

— Eu sou a favor do festejo, tenente. — disse Montano. — Temos muito a comemorar.

Estavam todos muito felizes, e até Cássio se rendeu àquela alegria e bebeu mais um pouco. Ele não passou de um copo, mas, para ele, aquela dose já era excessiva. Em poucos minutos, ficou visível seu grau de bebedeira. Naquele instante, Iago começou a cantar outra música:

— Ó doce Inglaterra! O rei Estêvão era um nobre digno e gastava tudo o que tinha em roupas caríssimas. Seu alfaiate era o homem mais rico do reino. E o reino empobreceu. — Ele terminou de cantar e gritou: — Queremos mais vinho!

— Essa música é mais requintada que a outra — brincou Cássio.

— Quer ouvir de novo? — perguntou Iago.

— Não, obrigado. Temos um dever a cumprir — ele respondeu. Depois, deu um passo tremulante à frente e falou: — Senhores, vamos cuidar da nossa obrigação. Não pensem, senhores, que estou bêbado. Este aqui é meu alferes, esta é a minha mão direita, e esta é a minha mão esquerda. Não estou bêbado. Consigo ficar de pé e me expressar muito bem. — Ele cambaleou para longe dos companheiros, de braços esticados para os lados, como um equilibrista em uma corda bamba. Ao chegar à mureta que dava para a coxia dos cavalos, ele se apoiou e ali ficou.

— Muito bem! — os outros concordaram.

— Está na hora, homens — disse Montano, levantando-se e se preparando para o trabalho.

— Um homem tão novo — lamentou-se Iago enquanto passava ao lado de Montano, na intenção de criar intriga. — O tenente está se perdendo no vício. Que tristeza.

— Do que está falando, alferes? — perguntou Montano.

— Não reparou? Está caindo de bêbado na hora do serviço. Minha preocupação é que o general deposite muita confiança nele. Se continuar assim, ele vai acabar causando alguma calamidade. O senhor fez um trabalho tão bom governando esta ilha, imagine se um simples tenente colocar tudo a perder?

— Mas ele sempre bebe assim?

— Infelizmente, sim. O general foi avisado, mas não acredita.

Iago se aproximou de Rodrigo, que estava um pouco afastado, e pediu que ele fosse atrás de Cássio e fizesse conforme já haviam combinado. Rodrigo se aproximou do tenente, colocou a mão em seu ombro e lhe disse algo ao ouvido. Os dois voltaram para a parte interna do palácio.

— É realmente uma pena que o nobre mouro coloque um bêbado na posição de tenente, tendo ao seu lado um alferes de alta valia que poderia ocupar melhor esse cargo — disse Montano. — Você deveria avisar a ele sobre o vício de Cássio, Iago.

— De jeito nenhum! — Iago fingiu surpresa com aquela ideia. — Tenho muita consideração por Cássio e somos amigos. Eu faria qualquer coisa para curá-lo desse mal.

— Socorro! Ajudem! — Cássio voltou empurrando Rodrigo, que gritava desesperado. — Socorro!

Os homens ficaram sem reação, tentando entender o que acontecia com aqueles dois. Fazia poucos minutos que estavam rindo e se divertindo juntos.

— Qual é o problema, tenente? — perguntou Montano.

— Veja se posso com isso? Esse valete quer ensinar meu dever! Vou lhe dar uma lição. — Cássio o segurava pelo braço.

— Pois eu quero ver se você tem coragem de levantar a mão para mim! — Rodrigo o enfrentou. — Seu covarde! Seu bêbado!

Cássio perdeu o controle e deu um soco em Rodrigo, que só não caiu para trás porque se apoiou em uma das colunas de madeira.

— Pare imediatamente com isso, tenente — exigiu Montano. — Que loucura é essa?

— Não se meta, Montano!

— Você está bêbado, tenente! — gritou Montano.

— Bêbado, eu?!

Rodrigo aproveitou a distração de Cássio e o agarrou pelo colarinho. Os dois se engalfinharam no corpo a corpo e começaram a lutar.

Rodrigo lutava, procurando mais ser atingido do que golpear. A confusão foi geral, os guardas tentaram apartar a briga, mas se afastaram assim que as coisas ficaram mais sérias e o tenente empunhou a espada.

Rodrigo teve de se defender e também desembainhou a sua. O tilintar das espadas batendo uma na outra não foi ouvido por muito tempo, pois Cássio mal se mantinha de pé e errava as investidas que fazia. Rodrigo, por sua vez, não tinha intenção alguma de ferir o oponente e fingia errar os golpes também. Por diversas vezes os outros homens tentaram separar os dois, mas acabavam se afastando, temendo serem feridos.

Achando que já tinha sido o bastante, Rodrigo se desvencilhou da briga e fugiu apressado. Assim que se viu fora de perigo, entrou novamente no palácio e a primeira coisa que fez foi tocar o sino de aviso de perigo do palácio.

— Quem está tocando o sino? — Iago fingiu surpresa. — Todos vão saber deste ato infame. Que horror, tenente! Sua reputação estará marcada para sempre.

— Qual é o problema aqui? — perguntou Otelo, que chegou logo depois, terminando de vestir o casaco, de espada na mão. Certamente já estava descansando em sua cama quando ouviu o sino. Um dos guardas lhe encontrou no caminho e avisou onde tinha ocorrido a confusão.

Assim que tudo se acalmou, todos se deram conta de Montano caído ali no chão, ferido. Seu peito estava tomado de sangue.

— Montano! — Otelo correu até ele e se abaixou para ver a gravidade.

— Socorro, general! — implorou o antigo governador. — Estou gravemente ferido.

— Mas o que é isso? Um motim? — gritou Otelo para os outros homens.

— Que vergonha, tenente — disse Iago para Cássio, apressando-se para socorrer Montano. — Você perdeu completamente o bom senso?

Otelo olhou para o tenente sem entender do que Iago estava falando. Cássio abaixou a cabeça, envergonhado.

— Não foi minha intenção — ele disse, em um fio de voz.

— Como essa desgraça foi se abater sobre nós? — lamentou-se Otelo.

Um enfermeiro já atendia Montano ali mesmo no chão, fazendo um curativo, quando ouviu-se novamente o sino.

— Mas quem está tocando esse sino? Parem com isso! Vão assustar toda a população. Acharão que os turcos estão atacando novamente. E pensar que nós somos os bárbaros agora. — Otelo levou a mão à cabeça, pensando no que fazer a seguir.

Cássio estava agachado em um canto, junto à mureta, visivelmente perturbado, tentando entender como havia chegado àquele ponto.

— Quem começou isso? Fale! — Otelo exigiu que Iago explicasse.

— Não sei. Somos todos amigos, agora mesmo estávamos felizes, cantando e comemorando. Que desgraça!

Otelo se virou para Cássio e exigiu que ele também lhe desse explicações.

— Perdão, general. Não consigo falar agora.

— Montano! — insistiu Otelo. — Sei que está ferido e fraco, mas me explique o que houve aqui para que eu tome uma atitude. Vocês foram atacados?

— Eu... não consigo — Montano tinha apenas um fio de voz. Estava muito fraco. — Iago, fale — pediu.

— Fale, Iago! Quem começou essa briga? O culpado irá pagar caro, não importa quem tenha sido. Isso é monstruoso — ele disse, olhando o rastro de sangue deixado no chão. Havia vasos de plantas quebrados por toda parte e uma espada ensanguentada no chão.

— Eu preferiria que essa língua fosse cortada da minha boca antes de ofender Miguel Cássio. Mas preciso falar a verdade. Perdão, tenente, mas sei que a verdade nunca pode fazer mal a ninguém e só irá lhe ajudar.

É só por isso que vou falar. — E, virando-se novamente para Otelo, continuou: — Montano e eu estávamos aqui conversando, quando chegou um sujeito implorando por socorro. E Cássio vinha logo atrás, de espada em riste. — Ele fez uma breve pausa, esperando impactar mais o ouvinte. — O homem gritava por socorro, tentei afastá-los, mas não consegui. Fui buscar ajuda, mas voltei ao ouvir o tilintar de espadas e o grito de Montano, que tinha tentado apartar a luta e acabou ferido por um dos golpes. Só não sei de qual deles. Não sei qual foi a razão da briga, mas deve ter existido um bom motivo para Cássio se envolver nisso. Não quero prejudicar ninguém.

— Eu sei como é difícil para você entregar um amigo, Iago. Sei o quanto é leal e honesto. — Otelo virou-se para o tenente: — Cássio, ainda que eu o estime muito como amigo, não posso mais tê-lo como meu oficial.

— Otelo, meu amor! O que houve? — Desdêmona chegou enrolada em um robe de seda, muito preocupada. Os gritos e toques de sino a assustaram. O marido ter saído do quarto correndo também. Ela ficou aliviada ao ver que Otelo não estava ferido. Só depois reparou em Montano.

— Veja o que você fez, Cássio. Assustou minha doce esposa. Irá pagar por isso. Vou levá-la até o quarto, querida. Levem Montano para o cirurgião. Irei ajudar assim que tranquilizar minha esposa.

— Está ferido, tenente? — perguntou Iago quando ficou sozinho com Cássio.

Cássio tinha apenas alguns arranhões, mas o espírito estava destruído.

— Sim, sem possibilidade de cura. Minha reputação está arruinada, Iago! O que vou fazer agora?

— Não está mesmo ferido? — Ele investigou o corpo do tenente e verificou que não havia mesmo nada grave, o que o decepcionou um pouco. — Dos males o menor. A reputação se constrói novamente.

Há muitas formas de conquistar outra vez a confiança do general. Dê tempo ao tempo, empenhe-se nisso. Ele falou aquilo num momento de nervosismo, de ânimos quentes. Irá mudar de ideia, você vai ver.

— Cheguei ao mais baixo nível — lamentou-se Cássio. Era como se não tivesse ouvido Iago, falava para si mesmo. — Bebi além da conta, sei que sou fraco e me rendi à bebida. Que vergonha! Estou arruinado!

— Quem era aquele homem com quem você lutou? O que ele fez com você? — Iago fingiu não saber quem era Rodrigo.

— Eu não sei. Lembro-me de muitas coisas, mas nada com clareza: uma briga, mais nada. Nem sei por que brigamos. Como pode a bebida ter esse poder de nos transformar em feras? Eu nem o conheço! Não tenho nada contra ele.

— Você está sendo muito severo consigo mesmo, tenente. O jeito é seguir em frente e tentar melhorar a situação. Não adianta ficar aí reclamando do que já aconteceu.

— Quando eu pedir o meu cargo de volta ao general, ele me dirá que sou um bêbado! — lamentou-se.

— Você sabe que sou seu amigo, não é? — Iago o consolou. — Pois confie em mim. Tenho um plano para resolver o seu problema. Todos os soldados têm direito de ficarem bêbados de vez em quando. Você não fez nada de errado, foi um infortúnio. Vou lhe dizer o que você deve fazer: a esposa do nosso general é agora o general. É ela quem manda. Confesse-se livremente para ela. Importune-a pedindo a ajuda dela para colocá-lo de novo em seu cargo. Ela é tão bondosa, tão gentil, e o considera um verdadeiro amigo. Com certeza irá interceder por você junto ao marido. Ele o irá perdoar, estou certo disso.

— Que ideia ótima. Você é um amigo de verdade, Iago. Muito obrigado.

— Imagine! O que um amigo não faz pelo outro?

— Falarei com ela amanhã cedo.

— Ótimo. Vai dar tudo certo. — Iago deu um tapinha no ombro de Cássio e o ajudou a se erguer, empurrando-o de leve na direção do palácio. — Boa noite, tenente, preciso ficar de vigia. Vá descansar.

— Boa noite, meu amigo. E obrigado.

Cássio o abraçou, verdadeiramente agradecido, e foi para o quarto mais aliviado, esperançoso. Iago deu um sorrisinho de canto de boca. Seu plano começava a dar certo. Tinha certeza de que a tola Desdêmona iria tentar ajudar e falar com o marido. E ele então se aproveitaria disso da melhor forma possível. Em breve, o lugar de tenente seria seu. Assim que ela fosse pedir ao marido para aceitar Cássio de volta como tenente, iria colocar ideias na cabeça dele. O faria pensar que a esposa o estava traindo com Cássio e por isso falava por ele.

Assim que se viu sozinho, Iago foi ao alojamento se encontrar com Rodrigo, que não estava contente com o resultado daquela noite de intrigas.

— E então?

— Veja no que fui me meter por sua causa. Estou ferido, cansado, e quase sem dinheiro. Gastei meu tempo e quase todos os meus bens fazendo o que você me sugeriu. Só espero que tenha algum resultado e consiga logo voltar para Veneza. Estou cansado, Iago.

— Tenha mais paciência! As coisas acontecem gradualmente. Não é mágica. É trabalho e empenho. Só assim se alcança um objetivo. Vai dar tudo certo, você vai ver. Já estamos a meio caminho andado. Agora, mantenha a discrição. Vá para o seu alojamento e fique por lá, tente ser invisível. Ninguém sabe que você estava envolvido na briga, nem mesmo Cássio lembra que era você.

Em busca do perdão

No dia seguinte, bem cedo, Cássio, junto com um grupo de músicos que contratara na cidade, estava diante do palácio do governador. Tinha pedido que tocassem uma música em homenagem ao novo governador de Chipre, seu general Otelo, e que no final da apresentação desejassem "Bom dia, general". Os músicos estavam na metade da apresentação quando o bobo da corte se aproximou. O bobo era um artista cômico contratado por Otelo havia anos para entreter a ele e a seus convidados, por isso sempre acompanhava seu senhor; inclusive, fora com ele para Chipre no mesmo navio.

— Amigos, por favor! — pediu o bobo, com ar um pouco mais sério do que costumava ter. — Parem com essa cantoria. O general quer descansar. Aqui está uma recompensa para que parem com essa gritaria. — Ele lhes deu algumas moedas de prata.

— Soubemos que ele gosta de música, senhor.

— Ah, sim! — o bobo falou, debochado. — E aprecia tanto sua música que mandou esse pagamento para que calem a boca.

— Ué, não podemos mais tocar? — perguntou um dos músicos.

— É para tocar ou não? — perguntou o outro.

— Vocês dariam ótimos bobos da corte. Tenho de cuidar para não perder o meu emprego. — O bobo já estava ficando sem paciência. — Mas é claro que podem tocar. Desde que conheçam algumas canções sem som.

Os dois músicos se olharam, confusos, e coçaram a cabeça.

— Não, senhor. Música sem som não conhecemos, não.

— Então sumam daqui! — gritou o bobo, chutando a canela de um deles.

Os músicos juntaram os instrumentos e saíram correndo dali. Cássio, que até então tinha se mantido mais afastado para ver o desfecho daquela situação, aproximou-se do bobo.

— Por favor, senhor. Se a senhora que cuida da esposa do general já estiver acordada, diga-lhe que Cássio solicita um momento de conversa. Pago bem pelo favor, você faria isso? — perguntou Cássio, estendendo uma moeda de ouro para o bobo, que a pegou entusiasmado.

— Ela está acordada, sim, senhor — ele respondeu, assim que deu uma mordida na moeda para garantir que era real e colocá-la no bolso. — Falarei com ela.

— Obrigado, meu amigo — Cássio agradeceu.

— Como passou a noite, tenente? — perguntou Iago.

Iago seguia Cássio de longe desde cedo. Queria saber de todos os passos deste após a confusão da noite anterior. Tinha visto Cássio falando com o bobo ali na praça e se aproximou para tentar descobrir o que se passava.

— Não sei ao certo. Acho que nem dormi, só descansei o corpo. Estou desesperado, meu amigo. Tomei a liberdade de mandar chamar sua esposa para pedir a ela que fale com a senhora Desdêmona a meu favor.

“Então era isso que ele estava falando com o bobo”, pensou Iago.

— Pois vou falar agora mesmo para que ela o ajude — disse Iago, em um tom bem amistoso, fingindo preocupação.

— Muito obrigado, Iago. Você é um verdadeiro amigo.

Não demorou muito para que Emília encontrasse Cássio cabisbaixo na sala combinada. Ela realmente estava sentida pelo acontecido. E tinha muita consideração pelo jovem tenente, que sempre a tratara com respeito.

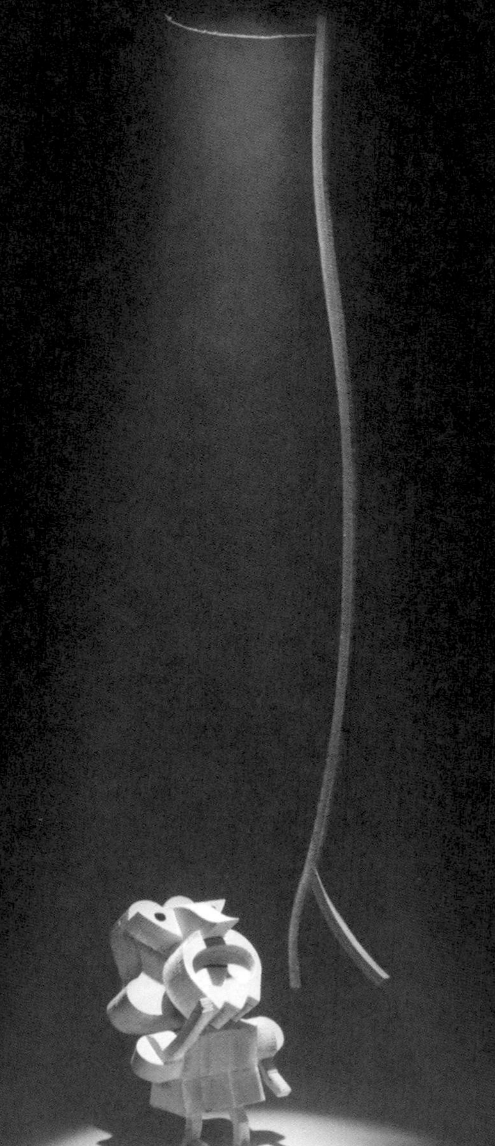

— Bom dia, tenente. Sinto muito pelo que lhe aconteceu, mas com certeza tudo ficará bem. O general e sua esposa estão falando sobre isso agora mesmo, e ela o defende com firmeza. O governador respondeu que o homem que você machucou é de grande fama na ilha de Chipre e muito bem relacionado. Eu o ouvi afirmar que tem grande estima pelo senhor e que, como general, agiu como o dever o obrigava, mas que só espera uma oportunidade para reintegrá-lo à posição de tenente.

— Que alívio ouvir isso, Emília. Estou muito agradecido a você e ao seu marido pela ajuda, mas se eu puder lhe pedir mais uma coisa...

— Diga.

— Fale com Desdêmona. Eu gostaria de encontrá-la e lhe falar em particular por alguns minutos.

— Claro! Conseguirei esse encontro em breve.

— Muito obrigado. — Cássio saiu daquela conversa mais aliviado.

Meia hora depois, em um dos cômodos do palácio do governo, Otelo entregava uma carta na mão de Iago e lhe pedia que entregasse ao piloto de seu navio.

— Iago, o navio vai zarpar de volta a Veneza em uma hora. Esta carta está endereçada ao duque. Entregue-a ao piloto e lhe diga que a leve ao destinatário tão logo chegue à terra firme. E peça-lhe também para que ele me recomende bem aos senadores. Quando você terminar essa tarefa, encontre-me no pátio externo, onde estarei visitando as obras da reforma.

— Sim, senhor — Iago pegou a carta e saiu imediatamente para cumprir sua missão.

Mais e mais intrigas

Não foi difícil para Emília arranjar o encontro entre Desdêmona e Cássio. As duas tinham se aproximado bastante durante os dias no navio que as levara até a ilha de Chipre e ficaram muito amigas. Como dama de companhia, Emília precisava estar sempre onde a senhora estava. Sendo assim, os três caminharam juntos pelo jardim interno, onde a conversa tinha sido marcada.

O jardim ocupava uma grande área, com passagens abertas como ruas entre os canteiros de flores e ervas aromáticas. A sombra era garantida por algumas árvores de porte pequeno e médio, e os arbustos tinham um duplo propósito: o de decorar e de adoçar a boca dos visitantes com suas pequeninas frutas. Aquele local já era o preferido das duas jovens.

— Tenha certeza, Cássio — garantiu Desdêmona, tirando uma flor de um galho e cheirando-a. — Farei tudo o que puder em seu favor.

— Muito obrigado, minha boa senhora.

— Eu garanto que isso entristece meu marido como se a causa também fosse dele — Emília acrescentou. Ela tinha uma cesta de vime vazia pendurada no braço.

— Seu marido é um homem muito honesto, Emília. Muito amigo de Cássio e de meu marido. Acredite, Cássio, logo, logo, eu farei com que você e Otelo sejam amigos novamente.

— Nem sei como agradecer, senhora. Serei seu servo fiel para sempre.

— Eu que agradeço sua amizade sincera e sua lealdade a meu marido, Cássio. Pode deixar que vou perturbá-lo noite e dia, falar bem de você a todo instante para que ele logo o aceite de volta.

Os três caminharam um pouco mais por entre os canteiros floridos. Estava um dia agradável, e o perfume delicado que se sentia no ar renovava as energias. Emília caminhava na frente, com o intuito de colher algumas flores e encher o cesto para decorar o quarto da senhora, enquanto os outros dois caminhavam lado a lado um pouco mais atrás. Eles passaram o resto do passeio em silêncio, cada um imerso em seus próprios pensamentos.

Sabendo, por intermédio da esposa, que Cássio e Desdêmona estariam fazendo um passeio no jardim naquele horário, Iago convenceu Otelo a ir com ele até lá para lhe mostrar algo. O que o alferes realmente queria era que o governador desse um flagrante na mulher conversando com o tenente.

Desdêmona, que não via nada de errado no que estava fazendo, ficou feliz ao ver o marido e foi ao encontro dele. Ela quis aproveitar a presença dele para lhe falar ali mesmo, pedindo para que perdoasse o tenente. Otelo estava distraído, dando ordens a um soldado, e não reparou de pronto que Cássio também estava no jardim. Mas o tenente não queria causar uma situação desconfortável para a jovem senhora e preferiu se afastar e dar tempo ao general. Ao ver Cássio se afastando, Iago aproveitou a oportunidade para criar mais intrigas:

— Não estou gostando nada disso — ele comentou displicente, como se estivesse falando para o vento.

— Não está gostando do quê? — perguntou Otelo, reparando naquele instante que Desdêmona estava ali. Ele notou que ela estava conversando com um homem que saíra apressado.

— Nada, meu senhor... não sei bem do quê.

— Você acha que era Cássio quem estava conversando com minha mulher?

— Não, senhor. Claro que não posso pensar isso. Ele não faria isso e sairia assim, como se tivesse feito algo errado.

— Pois eu acho que era ele mesmo.

Desdêmona se aproximou e deu um beijo no marido.

— Otelo, meu amor! Eu estava conversando com alguém que quer muito uma coisa.

— Quem?

— Miguel Cássio. Ele quer pedir uma segunda chance. Se você confia em mim, acredite: Cássio é uma boa pessoa e, se ele errou, foi por ignorância, e não por astúcia. Deixe-o voltar ao posto de tenente, por favor. Eu lhe peço.

— Foi ele quem saiu daqui agora?

— Ele mesmo. Muito humilde, você precisava ver. Estava tão desesperado que fiquei com muita pena. Por isso, meu amor, eu queria lhe pedir que você o chamasse para conversar e o deixasse retomar o cargo de tenente.

— Agora, não, minha doce Desdêmona. Estou muito ocupado. — Otelo passou a mão com carinho no cabelo da esposa. — Em outra ocasião conversaremos.

— Mas será logo? — ela suplicou.

— Claro. Tudo o que você me pedir, meu amor. — Otelo tentava se desvencilhar do assunto e achava que Desdêmona se daria logo por satisfeita com a resposta vaga, mas estava enganado.

— Que tal hoje à noite, no jantar? — ela insistiu. Queria uma resposta concreta de qualquer jeito. Fazia questão de saber data e horário certos para aquela conversa.

— Não. Esta noite será impossível. Tenho de me reunir com o antigo governo para acertar alguns assuntos pendentes. — Ele lhe deu um beijo na testa, esperando que ela se desse por satisfeita.

— Amanhã, após o jantar, então?

— Não jantarei em casa amanhã — ele disse, virando-se em direção à parte interna do palácio. — Encontro os capitães na cidadela.

Desdêmona, no entanto, não desistiria facilmente. Começou a falar apressadamente, implorando:

— Pode então amanhã à noite, ou terça de manhã? Na terça-feira, ao meio-dia ou à noite, ou ainda na manhã de quarta-feira? Escolha o dia e horário, mas não deixe passar de três dias. Ele se arrependeu de verdade, está muito triste. E a falta dele nem foi tão grave assim. Afinal, estamos em uma guerra, e os ânimos estão exaltados, não é mesmo? Você faria isso por mim, meu amor? Por favor... Miguel Cássio merece o seu perdão.

— Está certo — Otelo riu, não sabia dizer não a tão linda criatura. — Fale para ele vir conversar comigo e não se preocupe mais. Não consigo lhe negar nada.

— Que alegria! — ela comemorou. — Você é o melhor marido do mundo! Como amo você! — Ela pulou no pescoço dele e o beijou. Eles riram juntos. Ele adorava esses rompantes de alegria que causava nela, por isso nunca lhe negava nada.

— Minha amada, o que você me pede eu lhe concedo. Você merece o mundo. Agora, só lhe peço que me deixe um pouco sozinho, preciso resolver alguns assuntos de trabalho.

— Claro, não quero atrapalhar. Tenho muito o que fazer também, não é, Emília? — A ama de companhia aguardava sentada ao lado do marido em um dos bancos do jardim.

— Nós nos veremos em breve. — Ele a beijou na testa, e ela foi embora com Emília.

Otelo e Iago ficaram sozinhos no jardim. Eles se afastaram para um local mais fresco e sentaram-se em um grande banco de pedra à sombra de uma árvore frondosa.

— Tão linda! — Otelo falava como para si mesmo, cheio de amor. — Tão perfeita! Como posso lhe negar algo? Estou apaixonado, Iago!

Você me entende, não? Deve sentir o mesmo por Emma. O que ela me pede, eu faço — ele suspirou fundo.

Iago se remexeu no banco, bastante incomodado. Sua mente estava acelerada, pensando em como se aproveitar ao máximo daquela situação.

— Bem... Senhor...

— O que foi?

— Nada. É que... só uma curiosidade: quando você a cortejava, Miguel Cássio sabia disso, que você estava interessado nela?

— Claro que sabia. Por que pergunta? Você tem conhecimento de algo que me escapa?

— Não é isso. É que eu não sabia que eles se conheciam daquela época.

— Eles se conheciam, sim. Ele até levava nossos recados com frequência, de um para o outro.

— Verdade?

— Sim. Tem alguma coisa a me dizer? Ele está me escondendo algo, é isso?

— Não. Quero dizer... não sei. Não tenho nada contra ele. Até acho que é uma ótima pessoa.

— Fale de uma vez, Iago. Sei que pensou alguma coisa quando viu Cássio conversando com minha esposa e que não quer me dizer. Fale de uma vez. Reparei que você franziu a testa quando eu disse que ele a conhecia e nos ajudava quando começamos a namorar.

— Você sabe, Otelo, que sou seu amigo e só quero o melhor para você.

— Sei muito bem disso e sou muito grato por sua amizade, que é recíproca. Agora, fale de uma vez o que o aflige.

— Quanto a Miguel Cássio, posso jurar que é um homem honesto.

— Também acho.

— Mas os homens deveriam ser realmente o que parecem ser. Ou aqueles que não o são poderiam ao menos não parecer que o são!

— Claro, os homens deveriam ser o que parecem.

— Sendo assim, acho que Cássio é um homem honesto.

— Pode falar livremente o que pensa... sem medo, Iago. Tenho certeza de que há algo que você está omitindo. Pode dizer, por pior que seja.

— Bom, meu senhor, perdoe-me. Sei que é meu dever obedecê-lo, mas não cegamente. Não posso ir contra meus princípios. Meu pensamento é particular e posso estar errado. Seria um erro terrível se eu acusasse injustamente alguém inocente. Não, não posso falar o que estou pensando. Seria muita irresponsabilidade de minha parte.

— Sei que é um homem honesto, Iago, e que não quer prejudicar seu amigo com uma acusação vil. Mas saiba que, se ele estiver errado e você não fizer nada para corrigi-lo, estará fazendo mal a ele.

— Não me obrigue a falar o que não quero e aquilo de que não tenho certeza, Otelo. Muitas vezes é melhor não saber das coisas. O que os olhos não veem, o coração não sente. Não é assim que dizem por aí?

— O que você quer dizer com isso, Iago?

— Que a amizade entre um homem e uma mulher pode, sim, ser pura e genuína. Sem nenhuma maldade envolvida. E não importa se ela é casada ou solteira. Mas a reputação da mulher pode ficar manchada. Ainda que ela seja pura, isso pode acontecer.

Otelo cerrou os punhos, finalmente entendendo a que Iago se referia.

— Já entendi muito bem do que está falando. Que dor terrível! — Otelo levou a mão ao peito, completamente abalado.

— Era melhor não ter dito nada. Desculpe. Não alimente esse ciúme. Eu não tenho certeza de nada, na verdade. Pode ser que não se trate disso. Esqueça tudo o que lhe disse.

— Esquecer? — Otelo levantou-se do banco consternado. — Como posso esquecer, Iago? E você acha que posso viver ignorando algo assim? Com essa dúvida no peito? Não! Preciso ter provas, saber de toda a verdade. Desdêmona se apaixonou por mim, estou certo. E eu por ela. Foi por isso que nos casamos. Ela tem muitas qualidades e confesso que até agora eu não tinha visto nenhum defeito. Preciso conferir se essa dúvida é verdadeira.

— Bom, sendo assim... — Iago também se levantou e colocou a mão sobre o ombro de Otelo. — Meu conselho é que você observe bem como sua esposa se comporta com Cássio. Vigie-os bem, mas sem deixar que o ciúme o cegue, nem que a confiança seja demais. Confie desconfiando, sabe? As mulheres venezianas sabem bem como enganar e dissimular, é preciso estar atento.

— Será que ela é esse tipo de mulher?

— Ela não enganou o próprio pai? Vocês não estavam namorando bem diante do nariz dele, e ele nem desconfiou?

— É verdade.

— Pois, então, ela sabe bem como enganar. Elas nascem sabendo. O pobre pai pensou que você tivesse lançado um feitiço, feito alguma bruxaria para conquistá-la. Nem desconfiou dela. Ah, desculpe, Otelo! Você tem sido um grande amigo, e eu não queria plantar essa dúvida em seu coração. Eu deveria ter ficado calado.

— Claro que não! Fez bem em me contar. Agora, tenho uma dívida eterna com você.

— Obrigado pela confiança. Mas estou vendo que você está abalado.

— Não estou.

— Lembre-se de que posso estar errado. Pode ser tudo um mal-entendido.

— Sim, claro. — Ele respirou um pouco mais aliviado diante de tal possibilidade. — Ela é honesta, tenho certeza. Ou quase certeza.

— É isso mesmo. Pensamento positivo.

— Se você notar algo mais, conte-me imediatamente, Iago. E peça à sua esposa que a observe. Agora, deixe-me sozinho um pouco, meu amigo.

— Sim, senhor.

Iago saiu dali quase gritando de tanta alegria. Teve de se conter para não soltar uma gargalhada. Estava eufórico por ter conseguido plantar a semente do ciúme na mente de Otelo, que, por sua vez, estava muito abalado. Ele se perguntava como poderia ter sido enganado daquele jeito e se casado com uma criatura tão falsa. Como era possível que aquela moça tão perfeita e linda agora tivesse se transformado numa traidora? Ele não conseguia parar de pensar que Iago deveria saber muito mais do que tinha falado, que o estava poupando de toda verdade para que não sofresse. Iago era realmente um amigo da maior confiança.

Otelo se deixou ficar ali mesmo, triste e confuso, por cerca de meia hora. Ele estava totalmente imerso em seus pensamentos quando foi interrompido por Iago, que tinha voltado para lhe falar. O alferes tinha se afastado, mas se mantido por perto, apenas desfrutando daqueles momentos de triunfo. Ele sabia que, se esperasse um pouco, daria tempo para que o ciúme de seu comandante crescesse e começasse a criar raízes.

— Meu senhor, eu lhe imploro para que não se deixe levar por esses pensamentos sombrios. Dê tempo ao tempo. Embora eu esteja quase certo de que Cássio recuperará o lugar de tenente, tarefa que ele preenche com grande habilidade por sinal, se você aguardar mais um pouco e deixá-lo esperando sem resposta por mais um tempo, poderá confirmar se sua esposa irá insistir para que o senhor devolva a ele o cargo, se ficará desesperada para ajudá-lo. Mas não faça nada, apenas observe para ter certeza.

— É o que farei. Obrigado pelo conselho. Terei cuidado.

— Mais uma vez me despeço, então. Só passei por aqui para ver se estava bem.

Desta vez, Otelo o acompanhou. Não podia ficar ali sentado por muito mais tempo, pois chamaria atenção dos criados. Precisava manter as aparências de um comandante firme. Pensando nisso, em meio à crescente admiração por Iago, por sua inteligência e lealdade, Otelo foi para o gabinete de trabalho. Tinha várias tarefas a cumprir como novo governador de Chipre.

Embora se esforçasse para se concentrar no trabalho, aquela dúvida teimava em voltar à sua mente. Desejava, com todas as forças, que fosse tudo um mal-entendido. Assim, poderia voltar a viver seu grande amor. Os problemas de Estado tinham se tornado pequenos diante de sua questão particular.

Assim se passou o dia, até que Otelo decidiu descansar um pouco em seus aposentos. Mas, enquanto caminhava pelo longo corredor principal do palácio, encontrou Desdêmona e Emília saindo da sala de leitura.

— Otelo, meu amor! Acabamos de ser avisadas de que os convidados chegaram. Já ia procurar por você.

— Que convidados?

— Esqueceu? Você mandou chamar os habitantes mais ilustres da ilha de Chipre para jantar. A mesa já está pronta.

— Esqueci completamente.

— Por que está tão abatido? Não está se sentindo bem?

— Estou com uma dor aqui na testa.

Ela não se deu conta da ironia na fala dele. Tirou do bolso do vestido um lenço de seda bordado e passou na testa do marido, tentando fazer um torniquete.

— Vou apertar para a dor ir embora.

— Este lenço é muito pequeno. — Ele puxou o lenço e ela o deixou cair. — Deixe isso para lá. Venha, vamos receber os convidados.

— Mas você não está bem!

— Não se preocupe. Vou melhorar.

Emília tinha permanecido todo aquele tempo em silêncio em um canto da sala. Assim que o casal se afastou para encontrar os convidados, ela se abaixou e pegou o lenço caído no chão.

Iago estava descansando no pequeno escritório anexo ao quarto dele e de Emília. Ele planejava seus próximos passos quando a esposa entrou apressada.

— O que faz aqui? Por que não está vigiando Desdêmona como lhe mandei? — ele perguntou, levantando-se da poltrona.

— Olha o que eu trouxe para você — ela disse, sorrindo, enquanto balançava o lenço na mão.

— Para mim?

— Não reconhece? Este é o lenço que você me pediu tantas vezes para roubar. O primeiro presente que o mouro deu a Desdêmona. O tesouro que ela nunca larga. — Emília abriu o delicado lenço na mão e o apreciou. Era branco e ricamente bordado. — Tão bonito! Repara no tecido luxuoso, deve ter sido bem caro...

— E como você o conseguiu? — Ele tirou o lenço da mão dela e o segurou como se fosse a coisa mais preciosa do mundo.

— Desdêmona se descuidou e o deixou cair no chão. Eu aproveitei que ele estava lá jogado e o peguei. Não sei para que você quer isso, mas gosto de fazê-lo feliz. — Ela lhe lançou um olhar apaixonado.

— Você é a melhor esposa do mundo! — Ele a abraçou com força e a beijou.

— Mas o que você vai fazer com isso, Iago? Não vá fazer nada que prejudique minha senhora, hein? Coitada! Ela vai enlouquecer quando sentir falta disso.

— Claro que não vou fazer nada para prejudicá-la. Tenho uma utilidade muito melhor para este lenço. Ele vai mudar a nossa vida para melhor, você vai ver.

Emília já estava acostumada ao jeito misterioso do marido e sabia que não adiantava insistir para que ele dissesse algo.

O plano de Iago era colocar o lenço no quarto de Cássio e deixá-lo como prova de que ele e Desdêmona estavam se encontrando para algo mais do que amizade. O ciúme já estava sendo semeado lentamente na mente de Otelo; imagine então se ele soubesse que o lenço que ele dera de presente para a esposa quando namoravam estava agora em poder do amante.

No dia seguinte, a primeira coisa que Iago fez foi procurar Otelo para dar continuidade ao plano. Encontrou-o sentado em sua mesa de trabalho, no gabinete. Otelo estava abatido, cabisbaixo.

— O que houve, general? — Iago fingia preocupação, mas estava satisfeito em ver que seu plano estava dando resultado.

— Não dormi direito esta noite.

— Mesmo? Por quê? — ele fingiu desconhecer o motivo.

— Por sua culpa!

— Minha?!

— Você colocou dúvidas na minha cabeça. Não consigo parar de pensar nisso. — Otelo passou a mão na testa como que para secar um suor imaginário que escorresse dali. — Juro que era melhor ser traído na total ignorância do que saber só um pouco e ficar nesta incerteza.

— Como assim?

— Se ela realmente me traiu com Cássio, enquanto eu não sabia de nada, mal nenhum me fez, porque não vi nada, não pensei nisso e não me prejudicou. Eu dormia muito bem à noite e levava uma vida feliz. Agora, estou neste sofrimento sem fim.

— Lamento ouvir isso.

— Eu preferia que ela me traísse com todo o batalhão e eu não soubesse de nada. Mas não! Agora sofro porque não tenho mais a mente tranquila. — Otelo foi aumentando o tom de angústia da voz conforme falava. — Não consigo mais me concentrar no trabalho, na responsabilidade que tenho como general, como comandante e, principalmente, como governador de Chipre. Sou um fracasso total! Um inútil! — Ele se deixou cair sobre a mesa.

— Não diga isso! Você deve fazer alguma coisa! — Iago deu dois tapinhas solidários no ombro de Otelo.

— Chega! — Otelo levantou-se de repente e deu um soco na mesa, assustando Iago. Sua atitude mudou completamente daí para a frente. — Tenho de reagir. Você me colocou neste estado de espírito, então é sua obrigação provar a acusação que levantou. Trate de arranjar provas ou conhecerá a minha cólera.

— Mas, general... eu só queria ajudar...

— Se tem amor à sua vida, faça isso.

— Meu nobre senhor... Por favor...

Otelo se aproximou da porta de saída e segurou na maçaneta, voltando-se para Iago antes de abri-la.

— Se você pensa que pode caluniar minha mulher e me torturar desse jeito, está muito enganado. Seja homem e enfrente as consequências de seu ato cruel.

Surpreso com as acusações e vendo sua vida por um fio, Iago se desesperou.

— Por Deus, que os Céus me ajudem! Perdoe-me as palavras de desespero, mas o senhor não tem coração? Eu não fui sempre fiel e devotado ao seu serviço? Que idiota miserável que sou! É isso que dá querer ser honesto, falar a verdade. Ó mundo cruel! Nunca mais serei verdadeiro com amigo nenhum; ou melhor, não quero mais considerar ninguém como amigo, porque o amor e a amizade só causam dor e arrependimentos.

Otelo se compadeceu com o desespero do alferes, que lhe pareceu realmente sincero.

— Não fique assim — ele disse, voltando atrás. — Claro que sou seu amigo. A honestidade é um bom caminho, sempre. Não mude nunca. Sou eu que estou desnorteado, confuso com tudo isso. Não sei se minha esposa é fiel ou não, não sei mais o que é certo ou errado. Preciso de provas. Eu sempre tive tanta certeza de tudo, do meu amor por ela, do dela por mim, da honestidade dela, de suas virtudes... agora não sei de mais nada.

— Entendo, senhor, você está consumido pela paixão. Eu me arrependo muito por ter feito isso com o senhor. Deveria ter me calado. Não teria sido melhor assim?

— Teria? Não sei mais. Eu preciso de provas concretas. Trate de consegui-las.

— Eu não gosto nada disso. Não queria estar envolvido, mas, já que insiste, se é para o seu bem, vou falar. Outro dia dividi um alojamento com Cássio e descobri que ele fala enquanto dorme. O que ouvi naquela noite me deixou estarrecido, e foi por isso que passei a observá-lo mais cuidadosamente.

— O que você ouviu? Fale sem medo.

— Ele disse: "Desdêmona, minha querida, precisamos ser cuidadosos, esconder o nosso amor". E então, senhor, ele pegou a minha mão, beijou-a e falou: "Maldito destino que lhe entregou ao mouro!". Foi nojento.

— Que canalha!

— Mas foi apenas um sonho. Não quer dizer que tenha acontecido de verdade.

— Mas pode ter sido.

— Precisamos de mais provas.

— Eu vou matá-la.

— Não fale assim. Podemos estar errados. Mas lembrei-me de outra coisa agora... o senhor já reparou que ela usa sempre o mesmo lenço? Tem umas flores bordadas.

— Sim, ela adora. Foi meu primeiro presente para ela.

— Nossa! Eu não sabia! Pode ser que existam muitos por aí, então.

— Não! Esse lenço é muito especial. Único.

— Pois hoje mesmo pela manhã vi Cássio enxugar o rosto com ele quando fazia a barba.

Otelo arregalou os olhos. A raiva crescia dentro dele e estava prestes a explodir.

— Se é o mesmo lenço, é uma prova bem concreta — insistiu Iago.

— Quem me dera que ele tivesse quarenta mil vidas para serem tiradas! Uma só é pouco para minha vingança! Agora sei que é verdade. Se algum dia senti algum amor, acabou. Meu coração está tomado pelo desejo de vingança.

— Acalme-se, senhor! O melhor a fazer é esperar o momento certo. Refletir...

— Eu quero sangue, Iago. Sangue!

— Paciência, eu digo. Você ainda pode mudar de ideia. Agir sem pensar pode causar arrependimentos depois.

— Nunca, Iago. Jamais voltaremos a ser como antes. Farei agora mesmo uma promessa, guarde essas palavras — ele disse, caminhando para o lado oposto da sala e ajoelhando-se diante da janela que dava vista para uma grande montanha. — Juro que me vingarei dos dois, nem que seja a última coisa que eu faça nesta vida.

— Espere! — disse Iago, segurando no ombro de Otelo e impedindo-o de se levantar. Ele se ajoelhou ao lado do general. — Eu, Iago, sou testemunha desse voto e também juro, de minha parte, que estarei ao seu lado para tudo o que vier, como fiel amigo e servidor. E farei de tudo para ajudá-lo nessa vingança.

Os dois se levantaram e Otelo o abraçou rapidamente, agradecido.

— Pois, então, quero Cássio morto em no máximo três dias.

— Está feito. Mas suplico que deixe Desdêmona viver.

— Maldita seja aquela traidora! Oh, maldita ela, maldita ela! Vou pensar em uma morte adequada e rápida para aquela bela criatura do mal! — Otelo foi até a porta novamente e se voltou para Iago antes de sair para dar finalmente a notícia que Iago tanto desejava: — A partir de hoje, você é meu tenente.

Iago não se aguentava de tanta alegria e não escondeu o sorriso agradecido.

— Prometo que serei digno desse honrado posto e seu mais fiel servidor. Para todo o sempre.

Otelo se retirou, batendo a porta com força atrás de si.

O poder de um lenço enfeitiçado

Desdêmona caminhava pelo corredor do palácio junto com Emília. Estavam voltando do gabinete de trabalho onde Otelo deveria estar àquela hora, mas não o encontraram. O bobo da corte passava pelo corredor naquele instante, e ela lhe pediu que esperasse. O bufão jamais saía de seu personagem em público. Alegrar o general e seus convidados era seu trabalho, e ele se orgulhava muito disso. Além do mais, tinha de preservá-lo a qualquer custo, pois era a única coisa que sabia fazer e tinha uma família para sustentar.

— Boa tarde, senhor. Saberia dizer onde está o tenente Cássio? — perguntou Desdêmona.

O bobo fez uma reverência exagerada, dobrando o corpo o máximo que podia. Cabeça baixa, um dos pés para a frente, uma das mãos para trás, enquanto fez três giros no ar com a outra mão e a esticou para a frente. Só depois de retornar à posição inicial é que a respondeu:

— Não sei onde ele está e não me atrevo a tentar adivinhar.

— Por que não?

— Ele é um soldado e pode estar em qualquer lugar. Se eu disser o lugar errado e a senhora se perder por aí, ele pode me dar um golpe de espada.

— Deixe de graça — Desdêmona se aborreceu. Não entendia por que o bobo não a respondia direito. — Pode falar normalmente comigo. Sabe qual é o quarto dele?

— Eu prezo muito pela minha garganta. — Ele levou uma das mãos à garganta e, em um acesso dramático, fingiu engasgar, girando o corpo em um pé só, para então completar: — Não quero ser degolado. Então, não sei responder.

Desdêmona respirou fundo e revirou os olhos. Emília também estava irritada com as brincadeiras do bobo. Elas sabiam que esse era o trabalho dele, mas o assunto era sério e precisava de uma resposta imediata.

— Responda direito à sua senhora, seu bobo idiota! — Emília perdeu a paciência.

— Calma, senhora — disse o bobo.

— Você poderia ao menos dar um recado a ele, por favor? — insistiu Desdêmona.

O bobo confirmou com a cabeça.

— Diga que já falei com meu marido e que estou fazendo de tudo para ajudá-lo. Avise-o para que venha para cá agora mesmo, que meu marido espera por ele para conversar. Aqui na sala de estar — ela disse, apontando para a sala do outro lado do corredor.

O bobo fez novamente uma reverência exagerada e saiu para cumprir o prometido.

— Como é que fui perder meu lenço, Emília? Onde será que o deixei? — queixou-se Desdêmona, entrando na sala de estar e sentando-se na ponta do sofá. Emília sentou-se em uma cadeira com braços.

— Eu não sei, senhora.

— Acredite em mim, eu preferiria ter perdido minha bolsa cheia de moedas de ouro. Felizmente, meu amado não é desses maridos ciumentos que desconfiam de tudo.

— Ele não sente ciúmes?

— Nunca. Ele confia muito em mim. Está muito apaixonado — Desdêmona sorriu.

Otelo passava apressado, nesse momento, pelo corredor, quando viu Desdêmona na sala de estar. Ele parou de repente.

— Meu amor! — Ela correu para cumprimentá-lo com um beijo. Ele foi frio e não correspondeu. Ela imaginou que estivesse preocupado com algum problema de trabalho. Ela o puxou para o sofá e o fez sentar-se ao seu lado. A intenção era prepará-lo para o que diria a seguir:
— Mandei chamar Cássio aqui para que vocês possam conversar. Ele já deve estar chegando.

Otelo sentiu o estômago embrulhar. Como sua esposa podia ser tão cruel e tratá-lo daquele jeito? Colocá-lo naquela situação humilhante diante de seu amante. Ela o traía à vista de todos, sem pudor. E com um homem de sua confiança, seu subordinado e um de seus melhores amigos. A vontade que tinha era de desmascará-la ali mesmo, dizer que já sabia de tudo, que ela podia parar com o fingimento. No entanto, sabia que precisava aparentar tranquilidade para conseguir seu principal objetivo: vingar-se de Cássio. Otelo até tentou ficar em silêncio e aguardar a presença do tenente para decidir como agir, mas não aguentou. Resolveu então testá-la para ver até onde ela ia com as mentiras. Sendo assim, fingiu um espirro e lhe pediu:

— Empreste-me seu lenço, Desdêmona.

— Claro, meu amor. — Ela levou a mão ao bolso do vestido e retirou um lenço amarelo de cambraia, que estendeu para ele.

— Esse não. — Ele o repeliu, empurrando a mão dela de leve. — Quero aquele outro, ricamente bordado, que lhe dei de presente.

Desdêmona sentiu o rosto corar e, em um reflexo inconsciente, levantou-se rapidamente, como que para ajeitar a barra do vestido, e sentou-se novamente na outra ponta do sofá, afastada do marido.

— Não está aqui comigo agora — ela disse.

— Não?

— Infelizmente não.

— Que pena — ele fingiu acreditar. — Eu já lhe contei que aquele lenço foi dado à minha mãe por uma feiticeira egípcia? Uma mulher tão poderosa que era capaz de ler os pensamentos das pessoas. Ela disse à minha mãe que, enquanto ela o tivesse, meu pai seria completamente apaixonado por ela. Mas, se ela o perdesse ou o desse a outra pessoa, meu pai passaria a odiá-la com todas as forças. Minha mãe me entregou o lenço em seu leito de morte e me disse que eu deveria dá-lo à minha futura esposa. Foi o que fiz. Por isso, cuide muito bem dele, meu amor. É precioso demais para mim.

— Isso é mesmo verdade? — Ela estava muito surpresa.

— É a mais pura verdade. — Ele beijou os dois dedos indicadores cruzados. — Esse lenço foi envolvido em magia antiga. A mulher era uma poderosa sibila. Dizem que já tinha mais de duzentos anos de idade. E foi em um momento profético que bordou aquela riqueza de trabalho. Até os bichos da seda que produziram seu fio eram mágicos, e ele foi tingido pela tinta extraída do coração das mais puras donzelas e conservado durante anos pelo mesmo processo usado para conservar as múmias egípcias.

Desdêmona e Emília estavam desconfiadas daquela história extraordinária, mas extasiadas com a explicação. Histórias de magia as encantavam e amedrontavam ao mesmo tempo.

— Se isso é mesmo verdade, eu preferiria nunca ter recebido esse presente — disse Desdêmona, após refletir um pouco. Ela não queria ter algo tão perigoso sob seus cuidados.

— Por que diz isso? Por acaso o perdeu? — ele a confrontou.

— Claro que não, Otelo! Não está perdido, mas e se estivesse?

— O que está dizendo?

— Garanto que não está perdido.

— Vá buscar, então. Deixe-me ver — ele insistiu.

— Posso ir, mas não agora. Você quer me distrair da sua promessa. Por favor, receba Cássio e converse com ele — ela implorou, chegando mais para perto do marido.

Otelo perdeu a paciência e ficou de pé. Ele a olhava fixamente, querendo observar cada reação da esposa conforme a encurralava.

— Traga-me o lenço agora mesmo! Quero vê-lo — ele exigiu, em um tom bem firme.

Desdêmona não sabia o motivo de Otelo estar tão interessado naquele lenço e não desconfiava que ele já pudesse saber que ela o tinha perdido. Então, achou que o marido apenas tentava mudar de assunto, evitando que ela insistisse para que ele se encontrasse com Cássio e o perdoasse, devolvendo o cargo de tenente deste. Foi por pensar assim que ela insistiu ainda mais em sua rogativa. Estava determinada a ajudar o jovem tenente.

— Eu insisto. — Ela se levantou do sofá, ficando de frente para o marido. — Você nunca encontrará um tenente mais dedicado do que Miguel Cássio. Aceite-o de volta na posição que ocupava, por favor.

Otelo precisou fazer uma força descomunal para não perder a cabeça. Aquela insistência o convencia ainda mais de que ela o traía com Cássio.

— O lenço! — ele gritou.

Emília, que havia se levantado da cadeira quando Otelo entrou na sala e até então estivera quieta em um canto, fingindo organizar os livros de uma estante, deu um salto, assustada, e levou a mão ao coração, que estava acelerado. Desdêmona também se assustou, mas procurou se manter firme.

— Escute-me, por favor, Otelo — ela disse, no tom de voz mais baixo possível, em uma tentativa inútil de acalmá-lo.

— O lenço! — ele repetiu, já em um tom normal. Seu olhar estava frio.

— Cássio sempre se dedicou a você. Foram tantas batalhas em que vocês estiveram lado a lado!

— Pare de fingir! — Ele explodiu em um grito, segurando com força o braço dela. — Eu sei que você não tem mais o lenço. O que fez com ele?

Ela desabou no choro, já não aguentando mais segurar as emoções. Ele saiu com raiva, deixando-a sozinha com Emília, que se aproximou, colocando a mão em seu ombro.

— Você acha mesmo que esse homem não está com ciúmes, Desdêmona?

— Eu nunca o vi assim — ela disse, enxugando as lágrimas no lenço amarelo. — Preciso encontrar aquele lenço, Emília. Ele deve ter sido mesmo envolvido em magia para causar tudo isso.

Emília tentou levar a patroa de volta ao quarto, oferecendo-lhe o braço e a encaminhando ao corredor.

— É difícil conhecer as pessoas, um marido então... Nem dois anos de casamento faz com que a gente os conheça de verdade. Falo por mim mesma.

Desdêmona não disse nada. Há poucas horas, discordaria totalmente de Emília, mas já não sabia mais o que pensar de Otelo. Assim que as duas foram para o corredor, encontraram Cássio e Iago, que chegavam.

— Olhe, que sorte! Desdêmona está aqui — disse Iago, empurrando de leve o antigo tenente na direção dela. — Vamos! Fale com ela.

— Olá, Cássio, como vai? — cumprimentou Desdêmona.

— Desesperado, senhora. Eu lhe imploro mais uma vez que interceda por mim junto ao seu marido. Para que ele me perdoe e me restitua o cargo de tenente. Sempre fui um servidor fiel.

— Ah, Cássio, claro que continuo tentando ajudá-lo. Mas meu marido está mudado. Acho até que a minha insistência no assunto o aborreceu.

— O que houve? — perguntou Iago.

— Ele acaba de sair daqui bem irritado — respondeu Emília.

— Irritado? Impossível! — disse Iago. — Estive ao lado dele em muitas batalhas e o vi nas situações mais terríveis, com seus amigos caindo mortos ao seu lado, e ele mantendo a calma. Se está irritado, deve haver um motivo grave para isso. Vou tentar conversar com ele e descobrir o que houve.

— Faça isso, por favor — insistiu Desdêmona, agradecida.

Iago deu leves batidinhas no ombro de Cássio e foi em busca de Otelo.

— Só pode ser assunto desse novo governo que ele assumiu, ou algo relacionado aos turcos. Nunca o tinha visto tão alterado. — Desdêmona tentava achar uma explicação lógica.

— Tomara que seja mesmo isso — disse Emília. — E não ciúmes de você.

— Nunca lhe dei motivo! — Desdêmona se defendeu.

— O ciúme não precisa de motivo — disse Emília. — É um monstro que se cria em si mesmo.

— Pois que Deus mantenha esse monstro longe da mente do meu marido!

— Amém!

— Vou tentar encontrá-lo. Espere aqui na sala, Cássio. Se ele estiver de bom humor, vou aproveitar para falar sobre você novamente.

— Agradeço humildemente, senhora.

Desdêmona foi atrás de Otelo, e Emília a acompanhou. Ela estava compenetrada em não desistir de convencer o marido a ouvi-la. Cássio ficou sozinho e sentou-se em uma das poltronas, pensativo. Torcia para que Desdêmona conseguisse amolecer o coração do general. Não conseguia se imaginar em outra função que não fosse a de tenente. Precisava recuperar sua posição a qualquer custo.

Ele estava tão distraído, mergulhado em pensamentos, que não notou quando uma moça muito atraente, de enormes olhos castanhos e lábios carnudos, passou pelo corredor e, quando o viu, entrou na sala.

— Cássio!

Ainda que fosse uma jovem muito bonita — certamente esse fator deve ter pesado para que as portas do palácio se abrissem para ela com tanta facilidade —, ela usava um vestido vulgar. Embora o modelo e os bordados imitassem os vestidos das damas mais respeitadas, era de um tecido visivelmente inferior e exagerado nos detalhes. As joias que ela usava também eram falsas.

— Bianca! Meu amor! — Cássio se levantou empolgado e foi até ela. — Como vai você, minha linda Bianca? Eu já estava me preparando para ir à sua casa. — Ele a pegou nos braços para beijá-la, mas ela o impediu, muito aborrecida.

— E eu estava indo para o seu quarto, Cássio, quando o vi aqui. Como você teve coragem de passar uma semana fora e me deixar sozinha? Como pôde fazer isso comigo?

— Perdão, Bianca — ele disse, com muita sinceridade e a beijou, dessa vez sendo correspondido. — Eu tenho tido tantos problemas para resolver — acrescentou. — Você pode me fazer um favor? Faça uma cópia para mim. — Ele entregou a ela o lenço de Desdêmona.

— Mas de onde veio isso? Presente de alguma mulher?

— Não é nada disso. Deixe de ser ciumenta e faça isso para mim, por favor.

— Por quê? De quem é?

— Não sei. Apareceu no meu quarto. Achei muito bonito e, antes que me peçam de volta, quero fazer uma cópia. Agora vá e me deixe sozinho.

— Deixar você por quê?

— Estou esperando o governador para uma conversa importante. Não é bom que ele me veja com uma mulher.

— Tem vergonha de mim? — ela perguntou, fazendo beicinho.

Ele sorriu e a abraçou, dando-lhe um beijo na testa.

— Claro que não, meu amor. Mas não é de bom tom que ele me veja com uma mulher sem ser casado com ela.

— Isso podemos resolver logo. Já lhe falei tantas vezes que quero ser sua esposa. Por que nunca me pediu em casamento, Cássio?

— Já lhe disse que está muito cedo para isso, Bianca. — Cássio ficou desconcertado. A insistência dela em se casarem era frequente, e ele sempre tentava fugir do compromisso. — O general deve estar chegando. Conversamos sobre isso depois. — Ele praticamente a empurrou porta afora.

— Então prometa que vamos nos ver hoje à noite. Farei um delicioso jantar.

— Sim, sim! Vou tentar.

Bianca sabia que ele iria. Prepararia o prato favorito dele e o convenceria de uma vez por todas a se casar com ela. Daquela noite não passaria.

Mal-entendidos

Otelo e Iago conversavam em outra sala do palácio, menor e um pouco mais reservada. Ela ficava a pouca distância da sala de estar principal. Iago estava sentado em uma confortável poltrona, enquanto Otelo andava de um lado para outro, muito abalado.

— Não consigo tirar da cabeça a imagem dos dois juntos — Otelo disse para Iago. — Fico imaginando os dois se beijando, rindo da minha cara.

— Pode ser que não seja nada disso, Otelo. — Iago tentou amenizar a situação. Não podia acusar Desdêmona categoricamente porque, além de não ter provas concretas, queria fazer com que Otelo pensasse que a conclusão tinha sido dele mesmo. — E, se o lenço é dela, ela pode muito bem dar para outra pessoa, não pode?

— Claro que não, se foi um presente do seu marido. Mas você falou com ele? Era mesmo o lenço dela? Ele disse alguma coisa?

— Disse, sim. Mas nada que não possa negar em um julgamento.

— O que ele disse?

— Bom... não quero que você se aborreça ainda mais.

— Fale logo, Iago! Já lhe disse para ser sincero. Não tenha medo de ferir meus sentimentos, meu amigo. Quero saber de toda a verdade.

Iago estava satisfeito com o rumo que aquela conversa estava tomando. Otelo confiava cada vez mais nele e se enredava cada vez mais naquela trama que ele tinha planejado. Muito em breve teria o tão sonhado cargo de tenente para si, já vislumbrava isso em seu futuro próximo.

— Ele confessou que estão apaixonados — disse Iago.

— Mentira!

Essa revelação não era de todo uma surpresa, mas Otelo ainda tinha dificuldade em digerir aquilo tudo.

— Pode ser, mas é o que ele me disse. Eles estão juntos mesmo.

— Traidor! Ahhh, que ódio! Vou acabar com ele! Vou mandar enforcá-lo. Ele me paga e...

Otelo não conseguiu terminar a frase. Caiu pesadamente no chão em um ataque de epilepsia. As mãos tinham sido cerradas, os lábios estavam arroxeados, e a pele do rosto, empalidecida. Os braços e pernas estavam curvados junto ao corpo, que estremecia ferozmente.

Iago sorriu de satisfação. De onde estava, Cássio ouviu o estrondo do corpo do general caindo e se debatendo no chão, então correu para ver o que havia acontecido.

— Foi outro ataque epilético — Iago explicou para Cássio quando este entrou na saleta. — Ele teve um ontem. Fazia tempo que isso não acontecia. Alguma coisa deve tê-lo aborrecido muito. — Ele aproveitou para plantar mais uma preocupação na mente do ex-tenente.

— Precisamos fazer alguma coisa — gritou Cássio, claramente preocupado, enquanto se abaixava e ajeitava o corpo de Otelo, colocando sua cabeça em seus braços para evitar que ele se ferisse. — Esfregue-o nas têmporas — ele pediu para Iago, que não saiu do lugar.

— Deixe-o em paz. Daqui a pouco isso passa. Se interferirmos, ele vai começar a espumar pela boca e, aos poucos, irrompe em uma loucura selvagem.

Cássio o ignorou. Continuou ali, sentado no chão, com o corpo de Otelo parcialmente em seus braços, cuidando para que não se machucasse. Assim que a crise epilética passou, ele obrigou Iago a ajudá-lo a deitar o governador em um sofá confortável na biblioteca, que ficava ali ao lado, em um cômodo adjacente. Aquele sofá era muito mais macio que os outros e do tamanho ideal para o corpo de Otelo. Cássio puxou uma cadeira para junto do sofá e sentou-se ali, continuando a cuidar do general.

— Veja, ele já está melhorando — disse Iago. — Quando se acalmar de todo, quero falar com você em particular. Tenho algo urgente para lhe contar. Espere ali, na saleta. Já vou para lá. É melhor que ele não o veja quando acordar, acredite.

Preocupado com o que Iago tinha a dizer, Cássio aceitou o conselho e voltou para a sala que dava para a biblioteca. Otelo despertou do transe, um pouco confuso. Iago tinha se posicionado estrategicamente no local em que Cássio estivera apoiando o corpo de Otelo e fingiu ter estado ali todo o tempo cuidando dele. Otelo deduziu que tinha sido ele quem o socorreu e ficou agradecido.

— Está melhor, general? Não machucou a cabeça?

— Não. Estou bem. — Otelo sentou-se lentamente. Não tinha forças ainda para ficar de pé. — Alguém me viu nesse estado, Iago?

— Quando você estava desacordado, Cássio passou por aqui. Mas eu o mandei embora e dei uma boa desculpa, disse que você estava descansando. Combinei com ele de conversarmos e o mandei aguardar na saleta aqui ao lado. Se você se sentar naquela poltrona ali ao lado da porta, vai poder ouvir tudo o que conversarmos. Preste bem atenção no que ele irá me responder. Vou fazê-lo falar. E observe bem as zombarias e o desprezo em sua voz. Pois farei com que ele conte a história novamente e que diga onde, como, há quanto tempo e com que frequência ele se encontra com sua esposa. Vou fingir que o apoio incondicionalmente.

— Você é um excelente amigo, Iago. Confio em você. Vou ter de fazer um enorme esforço para me conter e não fazer nada, mas é necessário. Preciso saber de tudo.

Iago deixou Otelo e foi se encontrar com Cássio na saleta. Cássio estava mexendo nos objetos de decoração em uma prateleira.

— Ele está melhor? — perguntou Cássio, quando notou Iago na sala.

— Está ótimo. Já foi para os seus afazeres. Estamos sozinhos.

— O que queria me dizer?

— Como você está, tenente? Estou preocupado com você.

— Ah, não me chame assim que sofro ainda mais. Preciso dar um jeito de recuperar o meu cargo.

— Você precisa tratar bem a senhora Desdêmona, para que ela lhe ajude, convencendo o marido a lhe devolver a posição de tenente. — Iago iniciou sua fala com a voz em um tom que sabia que Otelo seria capaz de ouvir do cômodo anexo, mas na sequência abaixou o volume para que só Cássio escutasse e completou: — Uma pena que essa solução não esteja nas mãos da fogosa Bianca. Ela resolveria isso rapidinho.

Cássio explodiu em uma gargalhada e começou a falar em voz alta:

— Verdade! Ela está caidinha por mim! E, com aquele charme todo, poderia conseguir qualquer coisa de qualquer homem.

— Nunca tinha visto uma mulher tão apaixonada antes — Iago falou novamente no tom de voz normal, para que Otelo escutasse.

— Coitada! Está muito apaixonada mesmo. Mas o que fazer? Eu sou mesmo irresistível.

Ao ouvir aquelas coisas e percebendo o deboche de Cássio, achando que falava de Desdêmona, Otelo ficou furioso. Por pouco não empunhava a espada e o matava ali mesmo, mas tinha prometido a Iago que ouviria tudo até o fim, e assim o faria. Queria saber de tudo.

— Ouvi dizer que ela está espalhando por aí que você se casará com ela. É verdade?

— O quê? Claro que não! — Cássio caiu na gargalhada de novo. — Imagina se eu iria me casar com uma mulher fácil como ela. Você me mata de rir, Iago. Só você mesmo para me fazer rir em um momento como este. É verdade que ela está convencida de que vou me casar com ela, mas não prometi nada, e é algo que definitivamente não farei.

— Pois eu tinha certeza de que você também estava apaixonado.

— Que nada! Só me divirto. Acredita que ela estava aqui agora mesmo? Ela me assombra em todos os lugares, vive me perseguindo. Eu estava outro dia conversando à beira-mar com alguns venezianos, e lá veio a rapariga e se jogou assim em volta do meu pescoço.

Otelo cerrou o punho e o levou à boca, mordendo-o furiosamente. Por pouco não voava no pescoço de Cássio naquele momento. Nesse instante, Bianca entrou de supetão na saleta e foi direto para onde Cássio estava, batendo em seu peito com a mão fechada.

— Seu traidor! — ela gritou, os olhos inflamados e as bochechas vermelhas, e começou a dar socos no peito dele com ambas as mãos.

— O que está falando, Bianca? — Cássio segurou os punhos dela no ar.

— Como sou tola! — ela se desvencilhou e se afastou. — Você me deu um lenço lindo que jura não saber de quem é, que apareceu magicamente em seu quarto, e ainda quer que eu mande fazer uma cópia. Pois saiba que não sou dessas! Eu mereço um lenço novo só para mim, e não a cópia do que alguma mulher qualquer lhe deu. Se não quiser me perder, venha jantar comigo esta noite — ela finalizou, saindo aborrecida.

— Vai atrás dela, Cássio! — sugeriu Iago, colocando a mão em seu ombro.

— De jeito nenhum. Ela vai fazer um escândalo no meio da rua.

— Você vai jantar lá esta noite?

— Acho que é o jeito.

— Seria ótimo, porque eu poderia encontrar você lá. Queria muito conversar mais com você.

— Ótima ideia, Iago. Nós nos vemos à noite, então. Agora tenho de ir resolver algumas pendências. Não sou mais tenente, mas ainda tenho muitas obrigações.

Assim que Cássio saiu em direção ao alojamento dos soldados, Otelo se aproximou de Iago, muito transtornado.

— Como devo matá-lo, Iago?

— Você ouviu como ele riu de tudo? Está se divertindo com tudo isso. E eu vi o lenço, era exatamente como você me descreveu. Sua esposa deu mesmo a ele. E ele deu para a amante.

— Que miserável! Ele se aproveitou da ingenuidade de Desdêmona, certamente a enganou.

— Esqueça isso, Otelo. Aceite que ela o traiu e pronto.

— Sim, tenho de deixá-la apodrecer e morrer. Que ela seja condenada esta noite mesmo, pois não pode continuar vivendo. Meu coração se transformou em pedra. Eu estava tão feliz com o meu casamento, a mulher mais linda e perfeita que existia. Que tristeza! Ainda por cima, fui traído com o meu primeiro oficial. Vou me vingar, Iago. Matarei os dois! Traga-me um pouco de veneno esta noite mesmo.

— Não faça isso com veneno, estrangule-a na cama — sugeriu Iago, entusiasmado com a proximidade de uma grande tragédia que, em sua opinião, só traria benefícios para ele.

— Gostei da ideia. Farei isso. É muito mais simples e efetivo.

— Quanto a Cássio, deixe-o comigo. Pensarei em algo especial. Você ouvirá mais sobre isso até a meia-noite.

— Excelente.

De repente, ouviu-se um toque de corneta. O toque era o de anúncio de chegada de pessoa ilustre.

— Por que estão tocando a corneta? Não esperava ninguém. Vá ver o que houve, Iago.

Iago correu para ver o que era e não precisou ir longe. No final do corredor já antevia a chegada dos visitantes. Iago correu de volta à saleta, antes de ser visto, para avisar a Otelo.

— Devem ser notícias de Veneza. É Ludovico quem está chegando. Desdêmona está com ele. Ludovico caminhava de braço dado com ela. Ambos estavam sorridentes, felizes com o reencontro.

— Salve, general! — cumprimentou Ludovico assim que chegou.

— Seja bem-vindo, Ludovico. O que o traz aqui? — perguntou Otelo, reparando que o braço do recém-chegado ainda estava entrelaçado com o de sua esposa. Ao notar o olhar ciumento do marido, Desdêmona sentiu o rosto corar e se afastou de Ludovico.

— O duque e os senadores de Veneza saúdam-no — disse Ludovico, entregando um envelope selado a Otelo, que o abriu imediatamente, retirou uma carta e a leu. Seu rosto foi mudando de expressão a cada parágrafo que lia, com aparente preocupação.

Ludovico e seu pai, Graciano, haviam chegado juntos a Chipre. Ambos eram pessoas influentes e estavam ali como representantes do duque de Veneza e, como tal, tinham plenos poderes legais para tomar decisões em nome do próprio duque. Era só por esse motivo que Otelo tratava bem a Ludovico depois de ter visto a intimidade que ele tinha com sua esposa.

— E quais são as novidades, meu estimado primo Ludovico? — perguntou Desdêmona, enfatizando a palavra "primo" para que Otelo se lembrasse de seu grau de parentesco com o visitante e deixasse o ciúme infundado de lado.

— Estou muito feliz em vê-lo, senhor. Bem-vindo a Chipre — disse Iago.

— Obrigado, Iago. Como vai o tenente Cássio? Não o vi quando cheguei. Esperava que nos recepcionasse no porto.

— Está vivo, senhor — respondeu Iago, um tanto misterioso. Desdêmona o olhou espantada.

— Primo, houve um problema entre ele e meu marido — ela se intrometeu na conversa. — Um mal-entendido terrível, mas logo irá se resolver — finalizou, com os olhos cravados em Otelo.

— Você tem certeza disso? — perguntou Otelo, em um tom debochado.

— Como assim? — ela estranhou o tom de voz usado por ele. Era a primeira vez que o ouvia falar daquele jeito com ela.

Otelo a ignorou e voltou a ler a carta, com o semblante preocupado.

— O que houve entre você e o tenente? — perguntou Ludovico, mas Otelo não respondeu.

— É muito triste — disse Desdêmona. — Eu faria tudo para vê-los amigos de novo. Gosto muito de Cássio.

— Percebi — Otelo falou, com um tom de voz soturno. Desdêmona o olhou surpresa.

— O que houve com você, Otelo? — ela perguntou.

— Deve ser o conteúdo da carta — disse Ludovico. — Acho que dizem para ele retornar a Veneza, deixando Cássio em seu lugar aqui.

— Pois eu acho isso ótimo — ela disse.

— Claro que acha — disse Otelo, com a boca espumando de raiva e explodindo a seguir: — Sua meretriz! — ele gritou, aproximando-se da mulher e dando-lhe uma bofetada.

A reação de Otelo foi tão rápida que ninguém teve tempo de reagir. Desdêmona caiu desesperadamente no choro, com a mão no rosto, no local onde havia agora uma enorme mancha vermelha. Sua face pulsava e ardia, mas a dor maior era na alma e no coração.

— O que foi que eu fiz? — ela gritou em meio aos soluços.

— Está louco, Otelo? — gritou Ludovico, saindo do estado de choque e empurrando Otelo para longe da prima. — Como pode tratar sua esposa desse jeito? Peça perdão agora mesmo!

Em um canto da sala, Iago aproveitava a confusão e se deleitava de alegria por ver seus planos se concretizando.

— Nunca! — Otelo respondeu, enfurecido. — Se a terra pudesse ser semeada com lágrimas de mulher, cada gota que caísse no chão geraria um crocodilo. Saia de perto de mim, antes que eu perca a cabeça novamente, sua desgraçada!

— Se a minha presença o ofende tanto, vou embora — ela disse, com as lágrimas descendo copiosamente pelo rosto. A seguir, fugiu pelo corredor, encontrando Emília muito confusa no caminho. Ela vinha conferir que gritaria era aquela.

— O que foi isso, Otelo? Minha prima é uma mulher honesta, não merece isso. Chame ela aqui de volta.

— Mulher! — Otelo gritou.

— Meu senhor? — Desdêmona voltou correndo para atendê-lo.

— Pronto, ela voltou, o que quer com ela, Ludovico? — Otelo parecia se divertir.

— Eu?! — Ludovico estava confuso.

— Ué, não me pediu para chamá-la de volta? Pronto, chamei.

— Para que pedisse desculpas. — Ludovico não conseguia entender o comportamento de Otelo.

— Não tenho nada a dizer a ela. Para você, informo que voltarei com prazer para Veneza. E deixarei Cássio aqui em meu lugar, conforme me foi solicitado pelo duque. Eu o convido para jantar comigo esta noite, Ludovico.

Otelo saiu do escritório, deixando Ludovico e Desdêmona de boca aberta. Envergonhada, ela correu para o quarto, sendo seguida por Emília, enquanto Iago servia-se tranquilamente de uma jarra de bebida em cima da mesinha. Ludovico quase se esqueceu de sua presença.

— É esse então o mouro tão bem falado em Veneza? O bravo general que derrotou a frota turca e agora governa Chipre? O que houve com ele, Iago?

— Ele está muito mudado — respondeu Iago, servindo também um copo de bebida para Ludovico.

— Perdeu o juízo?

— Quem sou eu para julgar. Ele tem seus motivos — Iago respondeu vagamente, bebericou seu drinque e sentou-se em uma cadeira, com as pernas cruzadas, aparentando calma.

— Não há desculpas para bater na mulher daquele jeito, Iago. Ele sempre bate nela?

— Que eu saiba é a primeira vez. Mas quem sou eu para falar de assuntos tão particulares...

— Você sabe de alguma coisa? Fale de uma vez, homem! Preciso saber o que se passa com minha prima e levar notícias para o meu tio em Veneza.

— Não cabe a mim revelar o que sei. Mas se o senhor o seguir de perto e observá-lo, vai entender tudo o que está acontecendo com ele.

— Como pude estar tão enganado a respeito dele?

Encontros e desencontros

Após esfriar um pouco a cabeça em um passeio pelas estrebarias e verificar a saúde dos animais, Otelo foi para o quarto descansar um pouco. Ele tinha acabado de colocar a cabeça no travesseiro quando ouviu a voz de Emília vinda do quarto de Desdêmona. Ele resolveu chamar a mulher de Iago para conversar:

— Emília! — ele gritou, fazendo-se ouvir do outro cômodo. Imediatamente as duas pararam de conversar e ficaram em silêncio. — Venha aqui, por favor!

Emília e Desdêmona se entreolharam, curiosas. Otelo jamais pedia nada à dama de companhia de sua mulher. As duas acharam que Emília deveria atendê-lo o quanto antes, e ela usou a porta interna que dava passagem para o quarto de Otelo.

— Pois não, senhor? Deseja alguma coisa? — ela perguntou ao entrar no quarto após bater de leve na porta para avisar de sua chegada. Otelo já estava sentado em uma poltrona junto à janela.

— Sua patroa está me traindo, Emília. Com meu ex-tenente Cássio — ele afirmou, olhando atentamente para as expressões no rosto da ama.

A jovem o olhou assustada, sem acreditar no que ouvia. Não fazia ideia do motivo que o fazia se abrir com ela daquele jeito. Deveria estar desesperado para chegar a esse ponto.

— Não é possível, senhor — ela falou, finalmente. Achou que tinha de dizer algo, ao menos para quebrar o silêncio perturbador que se formou entre eles.

— Diga a verdade. Você nunca viu nada entre eles?

— Nunca. Nem nunca suspeitei de coisa alguma.

— Mas você cansou de ver ela e Cássio juntos.

— Sim, senhor. Mas nunca vi nada de errado, nem ouvi dizerem nada de comprometedor.

— Eles não ficavam sussurrando entre eles?

— De jeito nenhum!

— Nem mandavam você embora?

— Nunca!

— Para buscar o leque, as luvas, a máscara, nem nada?

— Nada disso! Posso garantir.

— Isso é muito estranho. — Ele coçou a cabeça.

— Eu me atrevo a afirmar que ela é honesta, senhor. Coloco minha mão no fogo por ela. Isso tudo é um mal-entendido. Coisa que alguém colocou na sua cabeça. Afaste essas ideias erradas. Ela o ama tanto! Não merece isso.

Otelo ficou confuso por um momento.

— Peça a ela que venha até aqui. Quero conversar.

Acreditando que tudo se resolveria com uma boa conversa, Emília correu para buscar Desdêmona, que atendeu ao chamado sem muito ânimo. Pouco tempo depois, Desdêmona entrava sozinha no quarto do marido.

— Mandou me chamar, senhor? — ela perguntou, formalmente.

— Por favor, aproxime-se. Deixe-me ver seus olhos.

Desdêmona se aproximou e caiu de joelhos diante dele.

— O que quer de mim? Por que está me tratando assim? — As lágrimas começaram a correr em seu rosto delicado.

— Deixe de ser falsa! Pare com esse choro fingido.

— Falsa, eu? Por que me trata desse jeito? — Ela enxugou as lágrimas com o lenço amarelo e a visão do pequeno tecido irritou Otelo ainda mais.

— Chega! — ele gritou. — Não aguento suas mentiras, saia de perto de mim! — Ele baixou a cabeça, e ela pôde ver que ele chorava.

— Por que você está chorando, Otelo? Sou eu o motivo dessas lágrimas? Se por acaso você acha que tenho algo a ver com a ordem de o chamarem de volta a Veneza, se acha que pedi isso ao meu pai, você está muito enganado. Eu também não queria voltar. Gosto de viver aqui.

— Eu tinha tudo — ele disse, com um forte tom amargo na voz. — Ou melhor, eu achava que tinha tudo: amor, posição, poder, dinheiro, amigos, mas não! Fui traído por aqueles que eu mais amava.

— Que erro terrível é esse que cometi e nem sei? Do que me acusa? — Ela segurou o braço dele, e ele a empurrou de leve, mas a expressão era de nojo.

— Pare de fingir, sua infiel! Você me traiu!

— Eu não o traí! — Ela se levantou e deu um passo atrás, indignada. — De onde tirou essa ideia? O que pensa de mim?

— Eu não aguento nem mais olhá-la no rosto — ele disse, levantando-se também e saindo do quarto, batendo a porta com força.

Emília entrou logo a seguir.

— Senhora, dava para ouvir os gritos do corredor. A senhora está bem? — Ver a patroa daquele jeito, tão abalada, deixou-a triste também.

— Estou anestesiada, Emília. Nem lágrimas tenho mais. Por favor, chame seu marido aqui. Preciso muito falar com ele.

Emília foi apressada chamar o marido. Queria que tudo aquilo se acertasse o quanto antes. Ver Desdêmona tão triste lhe cortava o coração.

Tinha certeza de que Iago a ajudaria com o que fosse necessário para fazer Otelo voltar à razão.

— Pois não, senhora? Mandou me chamar? — perguntou Iago ao entrar no quarto de Otelo e encontrar Desdêmona.

— Sim. Quero que me diga a verdade, Iago. Você, que é tão próximo do meu marido, tão respeitado por ele.

Iago inflou o peito de orgulho e aguardou a pergunta.

— Precisava ter visto, Iago — disse Emília. — O governador a tratou de um jeito horrível, gritou vários nomes feios e a chamou de coisas que nem ouso repetir.

— Eu não sei o que fiz para ser tratada tão mal por Otelo, mas me diga se é verdade, Iago, que fiz mesmo o que ele disse que eu fiz. Que sou mesmo o que ele diz.

— O que ele disse, senhora?

— Que sou uma traidora, infiel. Ele... ele me chamou de meretriz! — Ela caiu no choro.

Iago fingiu estar muito surpreso.

— Mas por que ele disse isso?

— Não sei. Tenho certeza de que não sou nada disso — ela respondeu, entre os soluços. Emília lhe estendeu um lenço para enxugar as lágrimas.

— Não chore, senhora — disse Iago. — Isso não a ajudará em nada.

— Ela deixou de lado tantos pedidos de casamentos nobres, seu pai, seu país e seus amigos, para ser chamada de prostituta? Isso não faria qualquer um chorar, Iago? — perguntou Emília.

— Sou uma desgraçada! — Desdêmona chorava ainda mais.

— Eu aposto que isso foi fofoca de algum aproveitador — Emília conjecturou —, que inventou essa história para conseguir alguma coisa, uma posição política, ou, quem sabe, o cargo de tenente.

— Impossível! — protestou Iago, com receio de que os comentários da esposa pudessem incriminá-lo. — Não existe um homem assim.

— Se alguém fez isso comigo, que Deus o perdoe!

— Pois eu acho que merece é a forca — disse Emília. — Que seus ossos sejam moídos no inferno! É claro que foi fofoca. De onde mais ele tiraria essa ideia de traição? Você nunca deu motivos.

— Fale mais baixo! — Iago implorou, com o suor começando a escorrer de seu rosto. — Vão ouvir você lá de fora, Emília.

— Que ouçam! Se alguém desse caráter anda aqui entre nós, deve ser punido mesmo.

— Silêncio, Emília! — Iago insistiu. — Você não pode acusar ninguém sem ter certeza. Podemos ser prejudicados.

— Por favor, Iago — Desdêmona implorou. — O que posso fazer para reconquistar o meu marido? Meu bom amigo, me ajude. Fale com ele. Não sei o que fiz para ofendê-lo. Eu lhe imploro! — Ela uniu as palmas das mãos diante do coração. — Se alguma vez eu disse ou fiz algo errado, se olhei para outro homem que não fosse ele, que eu seja castigada. Mas eu não fiz nada de errado. Eu sei que ele pode querer o divórcio mesmo assim, que pode até acabar com a minha vida. Porém, não posso aceitar que duvidem do meu amor sincero por Otelo e da minha fidelidade. Não posso aceitar que me chamem de meretriz, se não o sou.

— Acalme-se, Desdêmona. Tenho certeza de que ele não fez por mal. Está com muitos problemas de trabalho para resolver, com muita responsabilidade em seus ombros. E acaba descontando tudo em você.

— Não acho que seja isso.

— É, sim. Eu lhe garanto. — Neste instante, ouviu-se o som de cornetas. — Ouça! É o aviso para seguirmos para o jantar. Os mensageiros de Veneza são os convidados. Vá dar atenção ao seu primo e não chore mais. Tudo ficará bem.

Iago se despediu e saiu do quarto. Emília a abraçou e, assim que Desdêmona se acalmou, a ama começou a prepará-la para o jantar.

Enquanto isso, Iago descia as escadas estreitas e escuras que davam para os depósitos. Ali ele teria privacidade o suficiente para conversar com Rodrigo, que já o esperava.

— Chega de enrolação, Iago. Estou cansado da sua tagarelice.

— O que é isso, Rodrigo? Sou seu amigo. Só quero lhe ajudar.

— Todos os dias você me engana com alguma conversa mole. Estou cansado de fazer as coisas que você me pede sem ter nada em troca. Você prometeu que me ajudaria e até agora nada. Meu amor por Desdêmona aumenta a cada dia, estou ficando louco. E cansado de esperar. Não suporto mais.

— Você vai me ouvir, Rodrigo? — Iago colocou a mão sobre o ombro do rapaz, na tentativa de tranquilizá-lo.

— Eu já ouvi demais — Rodrigo afastou a mão de Iago. — Suas palavras não servem para nada.

— Você me acusa injustamente.

— Não falo nada além da verdade. Eu me desfiz de tudo o que tinha. As joias que lhe dei para entregar a Desdêmona teriam corrompido até uma freira. Você me disse que ela as recebeu e me deu esperança de marcar um encontro em breve, e até agora nada.

— Vou resolver isso. Só espere mais um pouco.

— Para mim chega. Vou falar diretamente com Desdêmona. Se ela me devolver as joias, eu desisto de tudo. Caso contrário, pode ter certeza de que buscarei satisfação com você.

— Percebo que é corajoso — Iago resolveu mudar de tática. — A partir deste momento, tenho ainda mais admiração por você. Garanto-lhe que estou fazendo tudo certo.

— Não é o que parece.

— Pode ser, mas é a mais pura verdade. E eu vou lhe dizer uma coisa. Se você é realmente corajoso, prove isso esta noite. Se amanhã mesmo você não estiver com Desdêmona nos braços, pode acabar com a minha vida.

— Mas do que se trata? É algo possível e razoável? — Rodrigo sentiu a esperança crescer em seu coração novamente. Iago sabia convencer as pessoas.

— Hoje mesmo chegou uma comissão especial de Veneza para colocar Cássio na posição de Otelo, como governador.

— Sério? Então Otelo e Desdêmona irão voltar para Veneza?

— Nada disso. Ele será enviado para a Mauritânia e levará com ele a bela Desdêmona, a menos que tenha um motivo muito forte para permanecer aqui. Se algo acontecer com Cássio, por exemplo.

— Se acontecer o quê, exatamente?

— Cássio pode ser impedido de ficar no lugar de Otelo. Ele pode sofrer um acidente ou ter os miolos estourados.

Começando finalmente a entender o que Iago lhe estava propondo e acreditando ser aquela sua única alternativa, Rodrigo perguntou:

— E o que você acha que eu devo fazer?

— É isso o que eu queria ouvir — Iago sorriu. — Esta noite mesmo, Cássio vai jantar na casa da amante. E eu estarei lá com ele. Se você ficar vigiando, eu farei com que ele saia de lá entre meia-noite e uma da manhã. E daí você o ataca.

— Preciso que me dê mais razões para que eu faça isso, Iago.

— Claro que sim. E você ficará muito satisfeito. — Iago passou o braço sobre os ombros de Rodrigo e os dois sentaram-se sobre um barril de grãos. Iago começou a cochichar no ouvido do comparsa.

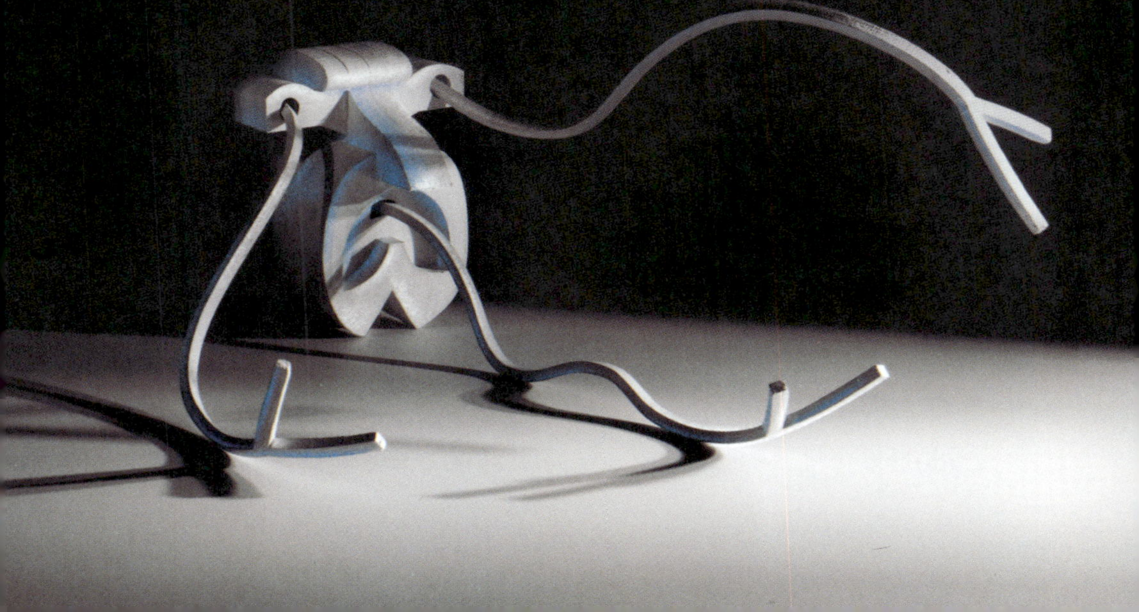

No palácio do governo, após o jantar

Logo após o jantar, Ludovico e Otelo conversavam sentados em confortáveis poltronas em uma área reservada aos cavalheiros, quando Desdêmona se aproximou. Ela não tinha jantado com eles. Estava evitando o marido, mas tinha decidido falar com ele novamente. Apesar do receio de como seria recebida, arriscou. Emília a esperava no corredor.

— Boa noite, senhores.

— Boa noite, prima. Agradeço humildemente a acolhida em sua casa.

— Você é sempre muito bem-vindo, Ludovico. Mas não tive tempo de perguntar mais cedo... como está passando meu tio Graciano?

— Está ótimo. Ele me acompanhou até aqui, na verdade. Estava descansando porque não passou muito bem na viagem. Ele acabou de jantar conosco e saiu para caminhar. Uma pena você tê-lo desencontrado. Na verdade, ele quer muito conversar com você.

— Não pude jantar com vocês, estava indisposta — ela mentiu. — Amanhã teremos mais tempo para conversar — ela completou, virando-se para o marido: — Otelo, preciso muito falar com você. Teria um minuto?

— Eu já ia mesmo descansar — disse Ludovico, tentando deixar os dois à vontade. Ele achava melhor que eles conversassem, para que Otelo pedisse desculpas à sua prima pelo mau comportamento daquela tarde.

— Ainda não, Ludovico. Quero lhe mostrar as obras que pretendo iniciar para melhoria da cidade. Vamos dar uma volta — disse Otelo, voltando-se para a esposa no momento seguinte e falando friamente: — Dispense sua dama de companhia que já irei encontrar você. Espere em seu quarto.

— Farei isso imediatamente. — Desdêmona se afastou, sentindo o coração palpitar de felicidade.

— Ele parecia mais gentil do que antes — disse Emília, assim que se afastaram.

— Acho melhor fazermos o que ele pediu. Não quero desagradá-lo agora.

— Eu preferia que você nunca o tivesse conhecido!

— Mas eu não. Meu amor é tão grande, Emília, que até mesmo sua teimosia e mau humor me parecem um charme.

As duas chegaram ao quarto de Desdêmona. Era um cômodo grande, com uma cama de dossel no centro, rodeada por cortinas de cor lavanda. Sobre a mesinha ao lado da janela ampla, havia um vaso de cristal com um ramalhete de flores delicadas. Em uma penteadeira de madeira nobre estavam vários apetrechos de cuidado feminino: pente, escova, perfumes, maquiagem e um espelho de cabo. O ambiente era agradável e tinha um leve perfume no ar, vindo das flores aromáticas.

— Coloquei os lençóis que você me pediu. — Emília terminava de esticar sobre a cama um conjunto de lençóis, fronhas e colcha brancas com as iniciais de Desdêmona e Otelo bordadas em tons de lilás.

— Obrigada, Emília. Esse jogo de cama é tão lindo! Se eu morrer antes de você, por favor, envolva-me nesses lençóis.

— Deixe de bobagem. Não fale mais assim.

Desdêmona deixou o corpo cair sentado pesadamente sobre a banqueta da penteadeira e começou a escovar o cabelo. Não sabia bem o que esperar da conversa que teria com Otelo, mas sentia que seria definitiva. Esses pensamentos a levaram para outra época, quando sua mãe ainda era viva e lhe contava histórias.

— Sabe, Emília... estava aqui lembrando que minha mãe me contou a triste história de amor de uma dama de companhia que ela teve, chamada Bárbara.

— Como foi essa história? — perguntou Emília, tirando a escova da mão de Desdêmona e escovando seu cabelo com cuidado.

— Ela era muito apaixonada por um rapaz que um dia ficou louco e a abandonou — Desdêmona continuou. — Essa moça então passou a cantar sempre uma música antiga, muito triste, sobre um pé de salgueiro, que representava bem o que ela tinha passado. Ela cantou a mesma música todos os dias até o dia de sua morte. E hoje essa música não me sai da cabeça. Estou me controlando para não começar a cantá-la também, como a pobre Bárbara.

— Nossa! Que história triste. — Emília terminou de escovar o cabelo de Desdêmona e colocou a escova sobre a penteadeira. — Quer que eu pegue sua camisola de núpcias?

— Não, obrigada. Vou ficar com esta roupa mesmo. O que você acha do meu primo Ludovico?

— Ele é bem bonito.

— E fala muito bem.

— Sei de uma moça em Veneza que teria andado descalça até a Palestina para ganhar um beijo dele. — Emília sorriu e sua patroa esboçou um sorriso.

Desdêmona começou a cantarolar uma canção antiga:

— *A pobre moça sentou-se suspirando aos pés de um salgueiro. Com a mão no peito e a cabeça no joelho... o salgueiro murmurava repetindo seus gemidos. Cante salgueiro, salgueiro, salgueiro... Suas lágrimas salgadas caíram e suavizaram até as pedras...* Ouça, Emília, acho que alguém bateu na porta.

— Foi o vento, senhora.

— Pode ir, Emília. Otelo já vai chegar. — Desdêmona recomeçou a cantar, agora com a voz embargada, prestes a cair no choro: — *Cante salgueiro, salgueiro, salgueiro...*

— Não chore. — Emília, que já estava abrindo a porta para sair, parou para se certificar que sua senhora estava bem. — Vai dar tudo certo.

— Você acha que existem mulheres que traiam os seus maridos, Emília?

— Sem dúvida.

— E você seria capaz de fazer isso?

— Se tivesse um bom motivo, faria, sim.

— Mas qual seria um bom motivo?

— Ajudar o meu marido a conseguir algo importante na vida.

— Como o quê?

— Tornar-se rei de algum lugar, por exemplo.

— Eu não acredito que você faria isso.

— Quem sabe do que uma pessoa é capaz? — ela disse, abrindo a porta para sair.

— Boa noite, Emília. Melhor você ir agora.

Desdêmona sentou-se na cama e esperou por Otelo, que não deveria demorar a chegar.

Em uma rua de Chipre, após o jantar

Assim que terminou de jantar com Cássio e Bianca, na casa da bela amante do ex-tenente, e onde tinha passado a noite empenhado em distrair o rapaz e fazê-lo beber demais, Iago inventou uma desculpa para sair e se encontrar com Rodrigo em uma rua escura, por onde sabia que Cássio iria passar pouco depois.

— Fique atrás desta coluna, Rodrigo — orientou Iago, assim que o encontrou. — Ele vai passar por aqui. Use sua espada na hora certa, seja rápido e certeiro, assim tudo terminará logo.

— Fique por perto, Iago. Não sei se vou conseguir. — Rodrigo sentiu um frio lhe percorrer a espinha. Nunca havia matado ninguém na vida e ainda tinha dúvidas se aquela era a decisão certa a tomar.

— Não vá dar para trás agora, Rodrigo. Você consegue. — Iago deu uns tapinhas encorajadores no ombro do rapaz, notando sua preocupação.

Rodrigo estava realmente nervoso. Embora Iago lhe tivesse dado razões convincentes para se ver livre de Cássio, ele não queria tirar a vida de ninguém. Mas tentava pensar que ele merecia. E estava apenas fazendo um favor ao mundo e tirando uma pessoa ruim dele. Que mal faria se ele também viesse a ganhar com isso? Iago, por sua vez, tinha feito de tudo para convencer Rodrigo do quanto Cássio era mau e tinha se aproveitado da ingenuidade de Desdêmona, e de que ele precisava vingar a honra dela. Sabia que Rodrigo talvez não tivesse firmeza de caráter o suficiente para manter a promessa de matar Cássio, mas mesmo que tudo desse errado, ele, Iago, sairia ganhando. Se Rodrigo se acovardasse e Cássio reagisse a tempo e acabasse matando Rodrigo, seria bom também, porque assim não teria que dar satisfação das joias que tinha prometido entregar a Desdêmona, mas que guardou em seu próprio cofre. E se na luta os dois morressem, seria melhor ainda.

Iago se posicionou sob a escuridão proporcionada por uma marquise e, assim que Cássio apontou na esquina, fez sinal para que Rodrigo agisse.

Rodrigo atacou de repente, mas de um jeito tão desajeitado que a espada resvalou no casaco pesado de Cássio e não o feriu. Rodrigo perdeu o equilíbrio e cambaleou para o lado. Em um impulso de defesa, Cássio desembainhou a própria espada e feriu Rodrigo na barriga.

— Ah! Vou morrer! — Rodrigo soltou um urro desesperado e começou a sangrar muito, tentando desesperadamente conter o sangue que jorrava em profusão.

Estava escuro e não era possível identificar ninguém. Iago aproveitou a confusão e saiu de seu esconderijo, cravando na perna de Cássio a faca que levava em sua cintura.

— Ahhhh! Socorro! Assassino, assassino! — gritou Cássio, sem ver quem o atacava, mas sentindo uma dor lacerante e caindo desmaiado. A faca tinha acertado uma artéria vital e ele perdia muito sangue.

Otelo chegou afobado. Estava ali perto com Ludovico e seu pai Graciano visitando o local da obra, quando ouviu os gritos de Cássio e correu para ver o que tinha acontecido. Ludovico tinha ficado para trás porque o pai tinha um problema nos joelhos e não podia correr. Eles caminhavam lentamente em direção à confusão.

Otelo sabia que se Cássio já estivesse morto era porque Iago havia mantido sua palavra para se livrar dele. A ruela em que os ataques haviam ocorrido, no entanto, era sem iluminação direta e muito escura. Otelo ainda estava tateando, procurando o corpo de Cássio, quando Rodrigo gritou:

— Socorro! Alguém me ajude!

Otelo ouviu a voz de Rodrigo, mas não sabia de quem se tratava. Mas ele não ajudaria ninguém naquela noite. Estava pensando nisso quando ouviu a voz de Cássio novamente.

— Socorro! Estou morrendo! Preciso de um médico!

Otelo sorriu. Estava certo de que Iago havia cumprido sua promessa e Cássio estava agora à beira da morte, como bem o merecia. Ele se afastou lentamente do local, sentindo a raiva crescer dentro do peito. Tinha de ir ao encontro de Desdêmona e terminar o que tinham começado. Era hora de ela também pagar pelos seus erros.

Pouco depois de Otelo ter se afastado, Ludovico e Graciano chegaram ao local dos ataques e tiveram receio de se aproximar para ajudar porque não conseguiam ver nada. O medo era de que o assassino ainda estivesse por perto. As súplicas dos feridos continuavam, e era isso que os impedia de ir embora. Eles não faziam ideia do que havia acontecido e se perguntavam se tinha sido uma briga ou assalto. Estavam nesse impasse quando viram alguém se aproximar com um facho de luz.

Era Iago que vinha com uma tocha em uma das mãos e uma arma na outra.

— Quem está aí? Que gritaria é essa?

— Não sabemos — disse Ludovico.

— Aqui, aqui! — Cássio gritou, ao ouvir vozes. — Pelo amor de Deus, me ajudem! Estou muito ferido!

— Qual é o problema?

— Iago? É você? — perguntou Ludovico, sem resposta. Iago segurava a tocha em uma posição que os impedia de ver seu rosto direito.

— Quem é? — Graciano perguntou ao filho.

— O alferes de Otelo, pai. Um sujeito muito valente. Estamos seguros agora.

— Iago? — Cássio gritou. — Estou morrendo, amigo, me ajude! Fui atacado por terríveis bandidos!

— Tenente? — Iago fingiu surpresa e correu para perto de Cássio, como que para ajudá-lo, mas sua intenção real era ver de perto o estrago que tinha feito e verificar quanto tempo de vida Cássio ainda tinha pela frente. — Quem fez isso, tenente?

— Não sei dizer, mas acho que um deles ainda está por aqui, eu ouvi alguém pedindo socorro.

— Que coisa terrível! — Iago exclamou. — Esta ilha não tem segurança nenhuma? — E, voltando-se para Ludovico e Graciano, perguntou: — O que estão fazendo aí parados? Venham ajudar!

Pai e filho saíram do torpor em que estavam. Era como se o receio do desconhecido os tivesse hipnotizado. Eles se aproximavam de onde Iago estava com Cássio, quando Rodrigo, por sua vez, gritou por ajuda.

— Eu também preciso de ajuda! Por favor!

— É um deles — disse Cássio. — Um dos homens que me atacou. Reconheço a voz.

— O quê? Um ladrão assassino! Morra, vilão! — Aproveitando a oportunidade de se livrar de Rodrigo, Iago correu até o local onde ele estava caído e o esfaqueou.

Antes de morrer, Rodrigo conseguiu dizer em um fio de voz:

— Maldito Iago! Seu cão desumano!

Nem Ludovico nem Graciano ouviram com exatidão as palavras finais de Rodrigo e acreditaram mesmo que Iago tivesse livrado o mundo de mais um assassino.

— Senhor Ludovico? — Iago chamou.

— Sou eu mesmo, Iago. — Ludovico se aproximou da luz, deixando seu rosto ser reconhecido. — Estou aqui com meu pai. Como podemos ajudar?

— Ajude-me aqui, por misericórdia. O tenente Cássio foi atacado por ladrões e está muito ferido.

— Minha perna! — disse Cássio. — Está ferida e sangrando muito.

— Vamos fazer um torniquete — disse Graciano.

— Deixa comigo! — Iago passou à frente de Graciano, entregou a tocha para Ludovico e desabotoou a camisa, usando-a para estancar o sangue.

— Cássio, meu amor! — Bianca se lançou sobre Cássio, beijando todo o seu rosto desesperadamente.

Ela tinha ouvido toda a gritaria de sua casa, mas teve medo de sair para ver o que havia acontecido. Só agora, após entender que já estava tudo tranquilo e de se certificar de que era Cássio quem tinha sido ferido, ela teve coragem de se aproximar.

— Faz ideia de quem o atacou e o mutilou desse jeito, Cássio?

— Não, Iago. Estava muito escuro e não vi nada.

— Vá buscar uma cadeira, Bianca. Será mais fácil carregarmos ele assim — disse Iago.

— Irei agora mesmo! — Bianca se levantou para fazer o que ele havia pedido, quando viu a cabeça do namorado tombar para o lado. — Ele desmaiou! — ela gritou. — Cássio, Cássio! — ela o sacudiu, mas ele não reagiu.

Iago a confortou. A seguir, segurou-a pelos ombros e fez-lhe sinal para que fosse buscar a cadeira, ao que foi atendido. Enquanto Bianca entrava em casa, Iago pegou novamente a tocha da mão de Ludovico e se aproximou do corpo de Rodrigo, iluminando-o.

— Vamos ver a cara desse bandido. Não! Rodrigo? Não pode ser! Meu amigo Rodrigo? Meu compatriota, não consigo acreditar. O que foi que eu fiz? — Iago fingiu se desesperar.

— Eu o conheço! De Veneza! — disse Graciano, ao se aproximar para ver melhor. — Que tristeza! Conheci seu pai. Um rapaz tão jovem, com um futuro promissor pela frente.

Bianca chegou com uma cadeira na mão. Eles colocaram Rodrigo cuidadosamente sentado. Cássio despertou novamente e viu o corpo de Rodrigo iluminado pela tocha.

— Você sabe quem é ele? — Iago perguntou. — Tiveram alguma briga que poderia ter levado a isso? — E, olhando para Bianca, acusou-a: — Por acaso Bianca estava tendo algo com ele também e vocês brigaram por ciúmes?

— O quê? Quem você pensa que eu sou? — Bianca disse ofendida.

— Não o conheço — respondeu Cássio, com muita dificuldade. — Nunca o vi antes.

Iago e Ludovico carregaram Cássio para que recebesse cuidados médicos imediatos. A enfermaria ficava nos fundos do palácio, no lado externo, onde recebiam os feridos em batalha. Naquela noite não havia mais nenhum outro paciente. Graciano seguiu mais atrás com Bianca, que, ao perceber a sua dificuldade no andar, deu-lhe o braço e caminhou no mesmo passo que ele.

Ao ser avisada que o marido estava na enfermaria, Emília correu até lá.

— O que aconteceu, Iago? Está ferido, meu amor?

— Estou bem, não se preocupe, Emília. — Iago se desvencilhou dos braços da esposa. — Cássio foi atacado por Rodrigo e outros homens. Ele está muito mal. Corre risco de morte. E Rodrigo está morto.

— Rodrigo, de Veneza? — perguntou Emília.

Iago confirmou com a cabeça.

— Que tristeza! E coitado do Cássio. Tomara que se recupere!

— Foi depois de sair da minha casa — explicou Bianca. — Ele jantou comigo esta noite. Nunca imaginei que ele pudesse sofrer um ataque na minha rua.

— Que vergonhoso! — disse Emília, dirigindo-se ao marido. — Imagine se ele morre e todos descobrem que estava saindo da casa de uma meretriz.

— O quê? — Bianca indignou-se. — Eu não sou nada disso! Fique sabendo que sou uma mulher honesta e trabalhadora. — Ela cruzou os braços e deu as costas para Emília.

— Emília, por favor, vá até o palácio, avisar ao governador do acontecido — pediu Iago.

Consequências de uma mentira

Desdêmona esperou pelo marido por tanto tempo que acabou adormecendo recostada nos travesseiros. Seu penteado havia se desfeito e o cabelo sedoso estava espalhado sobre a cama. Ela ainda usava o mesmo vestido da noite, de tecido adamascado de seda pura. A luz tremulante das velas que iluminavam o dormitório refletia em tons de dourado nas tramas do tecido, assim como no cabelo caído em cascata na beira da cama, dando à adormecida um ar quase angelical.

Ao entrar no quarto e ver aquela cena, Otelo parou, como que hipnotizado. Seu coração batia forte. Ela estava ainda mais bela do que no dia em que se casaram. Ele se perguntava como uma criatura de aparência tão pura e por quem ele se apaixonara tão perdidamente podia tê-lo traído daquela forma. Seu coração estava partido, pela perda daquele amor e pelo ato extremo que estava prestes a cometer, mas não tinha alternativa.

Desdêmona precisava morrer. Era assim que ele pensava. Caso contrário, continuaria o traindo com mais e mais homens, e isso ele não podia suportar. Mas a criatura era tão bela que ele decidiu não derramar o seu sangue. Aquela pele delicada como o alabastro não podia ser manchada. A morte, no entanto, era a única salvação para ela e, por mais que ele a amasse, precisava agir o quanto antes. Como queria que tivesse sido tudo diferente! Que tivessem vivido uma longa vida de amor e felicidade. Ele sentou-se na beira da cama para olhá-la melhor e, extasiado com tanta beleza, beijou-a nos lábios. Foi quando ela despertou.

— Otelo? — Ela forçava os olhos, mas eles teimavam em se fechar. As emoções daquele dia a tinham esgotado.

— Sim, Desdêmona.

— Vai dormir aqui? — Ela se espreguiçou languidamente.

— Você rezou esta noite, Desdêmona? — ele perguntou, preocupado com sua alma imortal, e ignorando a pergunta anterior.

— Sim, meu amor — ela respondeu, ainda muito sonolenta, sem se atentar para o despropósito da pergunta dele.

— Se você tiver algum pecado, peça perdão agora mesmo.

A sonolência se foi imediatamente após o estranho conselho do marido. Ela não estava entendendo o comportamento dele.

— O que você quer dizer com isso, Otelo? — ela perguntou com os olhos bem abertos.

— Quero que faça isso agora, e que seja breve. Eu não a mataria despreparada. Deus me livre! Eu não destruiria sua alma.

— Você está pensando em me matar?! — Ela recostou-se na cama, assustada.

— Sim — ele respondeu, friamente.

— Então, que os Céus tenham piedade de mim! — Ela levou a mão ao peito, extremamente angustiada.

— Amém, de todo o coração, é o que desejo! — Ele tinha os olhos fixados nela.

— Por favor, não me mate. O que foi que fiz para merecer isso?

— Pense nos pecados que cometeu que saberá.

— Os únicos pecados que cometi foram amá-lo demais e fugir com você para nos casarmos! — Ela então segurou a mão dele e falou de um jeito mais delicado: — Você está confuso, meu amor. O ciúme o deixou cego e você não consegue pensar direito. Está enganado, Otelo, eu não fiz nada de errado.

— Nada de errado? — Ele soltou o braço da mão dela e a olhou com profunda mágoa. — E aquele lenço que lhe dei com tanto amor e que você deu para Cássio?

— Eu não dei o lenço a ninguém! Eu o perdi! Perdi! Mande chamar Cássio e pergunte a ele.

Otelo sentiu o sangue ferver. Como ela podia pedir aquilo? Chamar o amante para ajudá-la. Isso fazia com que ele tivesse ainda mais certeza de ter sido traído por ela. O ciúme o deixara completamente cego.

— Cuidado, Desdêmona. A mentira só vai piorar a sua situação. Você está em seu leito de morte. Devia se preparar para partir em paz.

— Eu não quero morrer! — ela implorou.

— Não tem jeito. Você deve morrer. Confesse agora mesmo seu pecado.

— Pelo amor de Deus, tenha piedade de mim! Eu nunca fiz nada para merecer isso, nunca amei Cássio, nem dei a ele lenço nenhum.

— Pare de mentir! O lenço estava na mão dele. Eu vi com meus próprios olhos. Você apedreja meu coração e me obriga a cometer esse assassinato. Eu a amava, Desdêmona. Como pôde me trair? — Uma lágrima correu pelos olhos dele.

— Ele encontrou, então, porque eu perdi o lenço. Eu não dei nada a ele. Mande chamá-lo aqui e pergunte para ele.

— Tarde demais, ele confessou — Otelo respondeu, recompondo-se.

— Confessou o quê?

— Que é seu amante.

— Mentira!

— Mas Iago já deu um jeito nele. Cássio teve o que merecia.

— Como assim? Ele está morto? — ela perguntou, temendo a resposta que já imaginava qual seria.

Otelo apenas sorriu vitorioso, e ela entendeu o que aquilo significava. Algumas lágrimas correram pelo delicado rosto de Desdêmona, que não via mais salvação para si mesma. Ela passou a respirar com dificuldade, o peito apertado, como se fosse explodir.

— Você tem coragem de chorar por ele na minha frente? — Otelo ficou indignado.

— A verdade é que Cássio foi traído por quem julgava amigo e eu não tenho nenhuma prova para me salvar. Mas eu lhe imploro, meu senhor, não me mate!

— Traidora! — ele gritou, os olhos inflamados de raiva.

— Por favor, me mate amanhã. Me deixe viver mais esta noite!

— Não posso.

— Então, só mais meia hora!

— Impossível.

— Deixe-me fazer ao menos uma oração!

— Tarde demais.

Tomado pelo ódio, Otelo se lançou sobre Desdêmona e a enforcou.

— Meu senhor, meu senhor! O que aconteceu? O que você fez? — Emília, ao ouvir os gritos, correu para acudir sua senhora. — Meu Deus! Que horror!

Desdêmona estava caída sobre a cama, sufocada pelas mãos e pelo ciúme doentio do marido.

— Não fui eu — ele mentiu. — Eu a encontrei assim.

— Meu senhor, meu senhor! — Emília repetia, com as mãos sobre a cabeça, sem palavras para expressar toda a dor que sentia naquele momento. — Tantos assassinatos em uma só noite! — ela lamentou.

Otelo tinha certeza da morte de Cássio, mas fingiu não saber de nada, para não se incriminar ainda mais.

— O que houve?

Emília deixou seu corpo cair sentado do outro lado da cama. Ela olhava para Desdêmona sem conseguir acreditar que ela estava morta. O choque era tão grande que ela nem conseguia chorar. Parecia tudo um pesadelo e, se o fosse, ela queria acordar o quanto antes.

— Cássio matou um jovem veneziano — ela respondeu, com muito sacrifício. — O senhor Rodrigo.

— Cássio e Rodrigo estão mortos? — Otelo se surpreendeu.

— Não, senhor. Cássio não foi morto.

Otelo estava surpreso e tentava entender o que havia acontecido. Não sabia o motivo de Rodrigo ter sido envolvido naquela história toda, mas não se importava. Ele tinha certeza de ter visto Cássio caído morto naquela rua.

— Que bom... — Eles ouviram uma voz fraca, quase um sussurro. Era Desdêmona, que ainda estava viva e se alegrava por saber que Cássio estava bem.

— Senhora?! — Emília apressou-se em acudir Desdêmona, que respirava com muita dificuldade.

— Ela não está morta? — perguntou Otelo, surpreso. Emília o ignorou.

— Fale comigo, Desdêmona! — Emília gritou, sacudindo a jovem, que desfalecia em seus braços. — Quem fez isso com você, minha amiga?

— Eu mesma. — Foi a última coisa que saiu dos lábios da bela Desdêmona antes de morrer nos braços de Emília.

— Você a ouviu, não fui eu — disse Otelo, afastando-se da cama e ignorando o choro convulsivo de Emília.

Assim que se acalmou um pouco, ainda com Desdêmona nos braços, Emília falou:

— É verdade que ela o inocentou.

Otelo, que estivera sentado na banqueta da penteadeira, com a cabeça entre as mãos, sentia-se revoltado com as últimas palavras de Desdêmona. Ela tinha tido a audácia de inocentá-lo nos momentos finais. Até na hora da morte ela conseguia mentir. Não aguentando mais a raiva represada, ele explodiu:

— Mas ela é uma mentirosa, e agora foi para o inferno. — E, após uma breve pausa, confessou: — Fui eu! Fui eu que a matei. — Ele já não se importava com mais nada.

Emília estava revoltada. Ela já desconfiava dele desde que entrou no quarto e viu Desdêmona caída sobre a cama daquele jeito, mas agora sentia muita raiva de Otelo, por vê-lo confessar aquele terrível crime de forma tão fria.

— Seu monstro! — Emília gritou, colocando o corpo sobre a cama e levantando-se para acusá-lo de perto. — Ela era um anjo e você é o demônio que a matou!

— Ela era uma meretriz! — Otelo respondeu, levantando-se também. — Uma falsa, traidora! Mereceu morrer!

— E você é um monstro! Monstro! — Emília gritava desesperada e caiu no choro novamente.

— Você não sabe de nada, Emília! Ela era amante de Cássio. Pergunte ao seu marido. Foi ele quem conseguiu as provas para mim.

— Meu marido? — ela perguntou em meio às lágrimas, que ela enxugou com um lenço que tirara do bolso do vestido.

— Iago me ajudou e me fez ver a traição dela com o tenente. Eu estava cego até então.

Emília finalmente entendia tudo.

— Iago mentiu para você! — ela disse. — Ele tramou tudo isso! Para ficar no lugar do tenente. Ele sempre teve inveja de Cássio ter sido promovido no lugar dele. — Otelo a olhou surpreso e ela continuou: — Seu covarde! Assassino! Vou gritar para o mundo todo ouvir: *Socorro! Assassino! O mouro matou a minha senhora! Assassino, assassino! Socorro!!!*

Otelo ficou sem reação diante do escândalo causado por Emília. Ele apenas recuou conforme ela se aproximava dele gritando, com o dedo em riste, até que suas costas bateram em uma das paredes do quarto e ele ali ficou, parado.

Todo o palácio acordou com aquela gritaria. Montano, Graciano e Iago foram os primeiros a entrar no quarto.

— O que aconteceu? Está ferido, general? — perguntou Montano, acreditando que o governador tinha sofrido algum ataque no meio da noite.

— Ah, você veio, Iago? Você conseguiu o que queria, não é? Saiba que esses assassinatos cairão todos sobre o seu pescoço — Emília acusou o marido sem piedade.

— Qual é o problema? — perguntou Graciano, sem entender o que a ama fazia ali, nem por que falava com o marido daquele jeito. Mas Emília o ignorou.

— Desminta esse mentiroso — Emília desafiou Iago, encarando-o firme e apontando para o rosto de Otelo. — Ele contou que foi você quem disse a ele que a esposa o traía com Cássio.

Iago estava tão surpreso com a acusação que não teve reação e manteve-se calado. Emília mudou o tom de voz e falou de forma mais gentil:

— Eu sei que você não fez isso, Iago, você não é mau. Fale a verdade. Meu coração não vai aguentar mais essa punhalada.

— Eu só falei o que pensava — ele finalmente falou.

— Então veja o que conseguiu com isso! Minha senhora, minha amiga está aqui, assassinada. — Emília puxou as cortinas da cama de dossel, que impediam que os presentes vissem o corpo assim que entraram.

Montano e Graciano levaram um susto. Realmente não esperavam aquele desfecho.

— Meu Deus! Que desgraça! Minha sobrinha! — Graciano gritou. — O que você fez com ela, mouro desgraçado?

A confusão estava generalizada no quarto, mas Otelo continuava parado no mesmo lugar, sem reação alguma e sem dizer uma única palavra para se defender.

— Que os Céus nos protejam! — Montano estava em choque, com a mão sobre a boca, sem saber exatamente o que fazer.

— Você é o responsável por isso, Iago — Emília acusou o marido. — Foi você quem criou toda a intriga que levou a esse desfecho.

— Vamos embora, Emília — Iago tentou segurar a mão dela, mas ela se desviou. — Conversaremos melhor em particular.

— Não! Agora eu vou falar tudo que sei.

— Pobre sobrinha! — Graciano falava como que para si mesmo, sem acreditar que a sobrinha que vira nascer tinha tido uma morte tão cruel. — E pensar que eu tinha uma notícia triste para lhe dar e estava sem saber como. Estou feliz que seu pai esteja morto. Seu casamento foi mortal para ele, que faleceu de pura tristeza. Meu irmão sabia que esse mouro não prestava para ser seu marido.

— É lamentável — Otelo atreveu-se a dizer. — Mas eu agi para defender a minha honra. Iago sabe que Cássio confessou que os dois estavam juntos. Eu mesmo vi a prova na mão dele. Um lenço muito especial que meu pai deu para minha mãe e eu dei a ela no início do nosso namoro.

— Meu Deus! Aquele lenço foi o causador dessa desgraça? — gritou Emília, chocada com a descoberta.

— Fique quieta, Emília! — gritou Iago, tentando fazer com que a mulher parasse de incriminá-lo.

— Não me calo! Que todos saibam o que você fez, Iago!

Desesperado, Iago sacou o punhal que levava no corpo e o apontou para a esposa.

— Que vergonha! Apontar uma arma para uma mulher — disse Graciano, sem imaginar que Iago realmente tivesse a intenção de ferir a esposa.

Emília também não o levou a sério, ou não se importou com as consequências, porque continuou acusando o marido, revelando tudo o que sabia.

— Seu mouro idiota! — ela disse a Otelo, já sem se importar com tratamentos de respeito. — Esse lenço de que você está falando fui eu mesma que o roubei e entreguei a meu marido. Ele vivia me implorando para que eu fizesse isso.

— Traidora! — gritou Iago.

Emília continuou:

— Iago então usou o lenço para incriminar Cássio, que não sabia de nada disso e não estava fazendo nada de errado.

— Mentira! — Iago tentou se defender, olhando desesperadamente para Otelo, que, por sua vez, tinha o olhar espantado, como se não pudesse acreditar no que estava ouvindo.

— Assassino! — Emília gritou novamente para Otelo. — Idiota! Como pôde fazer isso com uma pessoa tão boa e tão pura como Desdêmona? Ela era fiel. E ela amava você, seu tolo!

Após alguns instantes de desnorteamento, Otelo caminhou lentamente na direção do alferes.

— O que você me fez fazer, miserável?

Iago temeu pela própria vida e fugiu o mais rápido que pôde. Mas antes de sair correndo pelos corredores do palácio, ele deu uma punhalada em Emília, que caiu mortalmente ferida.

Graciano e Montano estavam ainda muito abalados, mas sabiam que precisavam agir rapidamente. Após uma breve troca de olhares significativos, Montano desarmou Otelo, que não ofereceu resistência, e entregou sua arma a Graciano, instruindo-o para que ele não deixasse o general fugir e que o matasse se fosse preciso, enquanto ele iria em busca de Iago para prendê-lo.

Emília ainda conseguiu dizer suas últimas palavras a Otelo:

— Ela o amava... — E fechou os olhos para sempre.

Otelo finalmente caiu em si e se revoltou, culpando Iago por tudo que o induzira a fazer. Ele implorou a Graciano para que o deixasse ir atrás de Iago para se vingar do falso amigo, mas não tinha mais nenhuma simpatia do tio da esposa.

— Se tentar fugir, isso lhe custará caro — disse Graciano, apontando a arma para Otelo.

— Eu posso vencê-lo sem arma nenhuma, seu velho. Saia da minha frente!

Otelo estava desesperado, realmente arrependido pelo que fizera com Desdêmona. Só de pensar como a tinha acusado e como a tinha feito sofrer aquele tempo todo em que fora usado por Iago, ele sentia uma grande raiva de si mesmo. Não conseguia entender como pôde ter se deixado enganar daquele jeito e como teve coragem de matar a esposa que tanto amava, o amor de sua vida. Como ele tinha sido cruel! Seria tão bom se pudesse voltar atrás. Mas não havia jeito. Agora a única coisa que lhe restava era a vingança. Ele precisava se vingar de Iago e acabar com a vida dele, como ele acabara com a sua.

Montano retornou pouco depois, acompanhado por Ludovico e Cássio, que vinha carregado em uma cadeira por soldados. Iago vinha sendo trazido por um soldado como prisioneiro.

— Cadê o infeliz que matou a minha prima? — Ludovico chegou perguntando. Ele queria destruir Otelo de qualquer jeito.

— Estou aqui. Pronto para ser castigado.

— Tragam a víbora aqui. — Ludovico fez sinal para que os soldados colocassem Iago à sua frente.

— Seu maldito! — Otelo se aproximou de Iago e o esfaqueou com uma pequena faca que tinha escondida em sua cintura.

— Tirem essa faca da mão dele! — ordenou Ludovico a um dos soldados, que o obedeceu imediatamente, desarmando Otelo.

— Estou sangrando, Otelo, mas ainda estou vivo.

— Porque eu deixei. Quero que você viva e tenha uma vida desgraçada. Morrer é pouco para você, seu traidor.

— E você, Otelo, que tinha tudo na vida? — perguntou Ludovico. — Tinha poder, fama, posição, amor... O que será de você agora?

— Eu errei, fui enganado, mas o que fiz foi pela honra.

— Este desgraçado confessou que você e ele planejaram juntos a morte de Cássio. É verdade? — perguntou Ludovico.

— Sim — confessou Otelo.

— Eu nunca lhe dei um motivo para isso, general — Cássio protestou, muito triste com tudo o que ouvia.

— Perdão, Cássio. Meu erro foi acreditar cegamente em Iago.

— Eu não obriguei você a nada — protestou Iago. — Se você agiu daquela forma, foi porque quis.

Ludovico contou a Otelo que tinham sido encontradas duas cartas no bolso de Rodrigo e que elas eram a prova conclusiva de que ele e Iago estavam juntos na trama para matar Cássio. Otelo não sabia o que dizer, tinha sido enganado e tinha acreditado em tudo o que Iago lhe dizia, sem questionar nem sequer uma vez.

— Como você conseguiu o lenço da minha esposa? — Otelo finalmente perguntou a Cássio, esperando de uma vez por todas saber da verdade.

— Ele apareceu no meu quarto. Iago me confessou, ainda agora, que ele mesmo o colocou lá.

— Você deve abandonar este quarto e ir conosco — Ludovico disse a Otelo. — Pelo poder passado a mim e a meu pai pelo duque, eu declaro que estou lhe destituindo do comando da ilha de Chipre, Otelo, e passando essa atribuição para Cássio, que governará Chipre daqui em diante. Você ficará preso até ser julgado. Quanto a Iago, se houver algum castigo que seja pior do que todos os que já existem no mundo, podem acreditar que ele o receberá.

Arrependido do que fizera, Otelo sabia que merecia todos os castigos que quisessem lhe dar, mas fez um pedido de todo o coração:

— Se alguma vez prestei um bom serviço ao Estado, por favor, Ludovico, quando for escrever para o duque de Veneza e relatar o que houve, fale de mim como eu sou verdadeiramente, sem mudar nada. Diga que se cometi esse ato imperdoável foi porque amei demais. Conte que nunca fui ciumento, mas que fui enganado e manipulado por um falso amigo. Diga-lhe que posso receber todo o castigo do mundo, que ainda assim não será maior que o castigo que eu mesmo me infligi, ao tirar a vida da mulher que amo, a razão da minha felicidade. E fale também que, como um bom soldado que sou, que provou seu valor ao vencer os turcos e assegurar o território de Chipre sob o comando de Veneza, eu também fui capaz de pegar o monstro assassino pelo pescoço e fazer isso com ele...

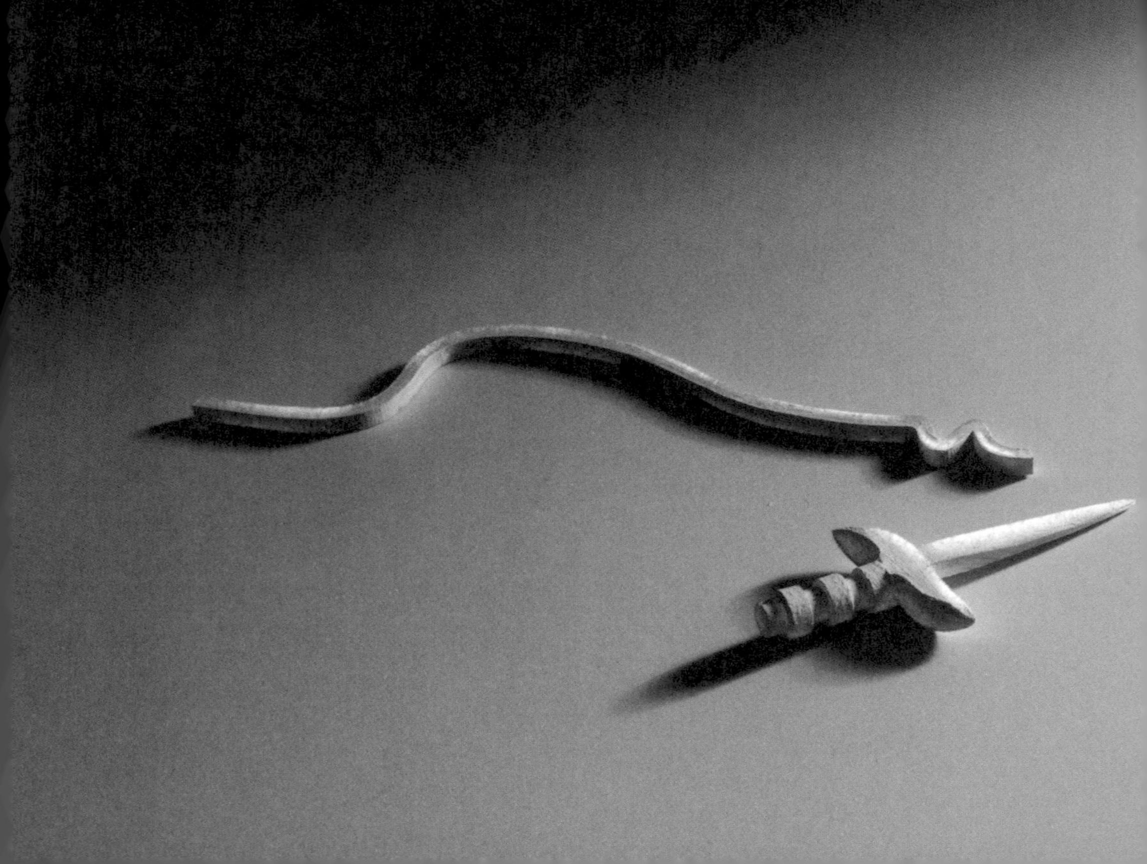

Foi tudo muito rápido. Ao dizer isso, Otelo avançou como um louco em direção à mão de Graciano e lhe tirou o punhal para, no instante seguinte, apunhalar-se no peito. Ele cambaleou diante dos olhares atônitos na direção de Desdêmona. Queria morrer ao lado da amada. Caiu então morto sobre o corpo dela, levando junto o cortinado do dossel.

Ludovico foi pessoalmente a Veneza contar ao duque a trágica história de amor do valente mouro e da bela Desdêmona.

William Shakespeare

Dramaturgo, poeta e ator, nasceu em 23 de abril de 1564, em Stratford-upon-Avon, na Inglaterra — acredita-se que, curiosamente, no mesmo dia de sua morte, em 1616. De família abastada, Shakespeare viveu na casa dos pais até os dezoito anos, quando se casou com Anne Hathaway, jovem oito anos mais velha que ele. Juntos, tiveram três filhos: a primogênita Susanna e os gêmeos Hamnet e Judith. Hamnet morreu ainda na infância, aos onze anos de idade.

Considerado por muitos o maior escritor de todos os tempos, Shakespeare é reverenciado mundialmente, e seus textos continuam sendo adaptados para diversas mídias, como livros, teatro, cinema e televisão. Com cerca de 38 peças teatrais, 154 sonetos e uma infinidade de poemas em sua bibliografia, escreveu sobre questões comuns a todo ser humano — o amor, a morte, a traição e a culpa —, independentemente da cultura, classe social, época e nacionalidade. É por isso que sua obra continua tão atual e porque, mais de quatrocentos anos após sua morte, ainda nos identificamos com ela. Algumas de suas histórias mais conhecidas são *Romeu e Julieta*, *A megera domada*, *Otelo*, *A tempestade*, *Hamlet*, *A comédia dos erros*, *Macbeth*, *O mercador de Veneza*, *Sonho de uma noite de verão* e *Rei Lear*. Você certamente já ouviu falar de algumas delas.

Embora não tenha tido livros publicados em vida, Shakespeare obteve muito sucesso com suas apresentações teatrais e pôde usufruir de um bom retorno financeiro na época, vivendo confortavelmente com sua família. Por quase vinte anos, ele escreveu e produziu cerca de duas peças anuais para a companhia de atores Os Homens de Lord Chamberlain (The Lord Chamberlain's Men). Com o sucesso alcançado, a companhia conseguiu o apoio financeiro do rei James I e passou a se chamar Os Homens do Rei (The King's Men).

Seu primeiro trabalho publicado foi o poema *Vênus e Adônis,* em 1593, e foi somente após o seu falecimento que sua obra mais substancial foi publicada. Em 1623, seus amigos, os atores John Heminge e Henry Condell, provavelmente com a participação da filha Susanna, publicaram 36 de suas peças em um volume único, conhecido como o *Primeiro fólio de Shakespeare* (*First Folio*). A palavra "fólio" se refere ao formato do livro, e isso é importante porque, na época, apenas livros de história, de religião, entre outros assuntos considerados importantes, eram publicados nesse formato.

Shakespeare morreu aos 52 anos, em 23 de abril de 1616, e está enterrado na Catedral da Santíssima Trindade, em Stratford-upon-Avon.

Flávia Côrtes

Flávia Côrtes

Como a maioria das pessoas, conheci Shakespeare por filmes e textos adaptados, e só depois quis buscar as versões originais de suas peças. Nem preciso dizer quanto fiquei encantada com o "bardo".

Do que mais gosto nas adaptações é que elas abrem caminho para outras experiências de leitura. Foi uma alegria quando recebi a proposta de adaptar algumas obras de Shakespeare para jovens leitores.

Sou escritora e roteirista, e tenho mais de trinta livros publicados. Atualmente, faço doutorado em teoria da literatura e literatura comparada pela Universidade do Estado do Rio de Janeiro (Uerj).

Rodrigo Mafra

Eu era pequeno quando comecei a desenhar, e sempre gostei de construir estruturas e encaixar peças para criar um mundo. Mas tive certeza de querer desenhar para viver depois de um intercâmbio fora do país.

Estudei artes plásticas na Universidade de Brasília (UnB), participei da II Bienal Nacional de Design, ganhei prêmios internacionais, fui selecionado para concursos de ilustração, fiz exposições e animações para cinema e televisão, e me tornei autor de livros infantis.

Foi uma alegria imensa ter sido convidado para ilustrar Shakespeare, que para mim é a tradução do que somos, um tratado da nossa composição psíquica, das luzes e sombras presentes no ser humano. Ilustrá-lo foi encher de luz minha criação!

Este livro foi composto com as tipografias
EB Garamond e BC Monument, impresso
em papel offset 120 g, em 2024.

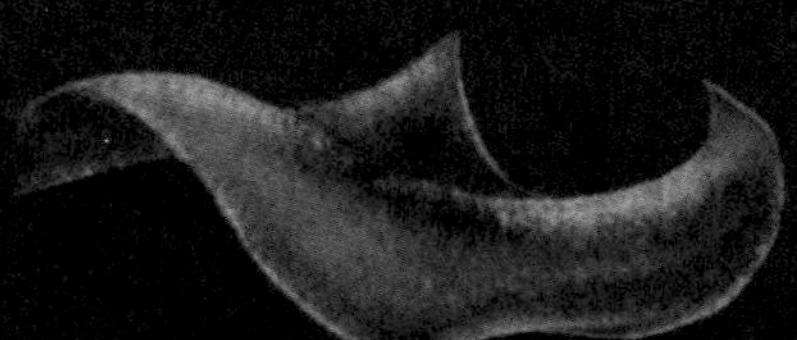